TO

死にたがりの完全犯罪と朝陽に照る十一時前の雨

山吹あやめ

TO文庫

目次

CHARACTERS

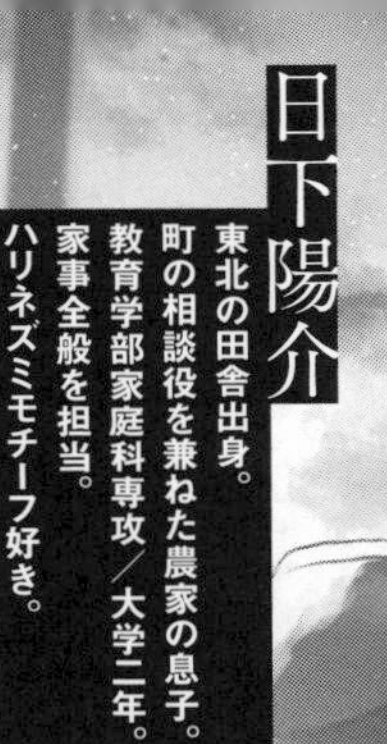

日下陽介

東北の田舎出身。
町の相談役を兼ねた農家の息子。
教育学部家庭科専攻／大学二年。
家事全般を担当。
ハリネズミモチーフ好き。

桂月也

陽介と同郷。
地元有力者である議員の息子。
理科大学物理専攻／大学三年。
二人暮らしは陽介任せ。
アーモンドチョコ好き。

プロローグ―七時前

――〈生きる〉という罪を犯そうか。

六時を告げるスマホに目を開けた日下陽介（くさかようすけ）は、妙な気怠さに布団から出られなかった。のったりとした動きでべっこう色の眼鏡を掛けてから、アラームを止める。そのまま右手を見つめた。

十六日目の月明かりの下で、桂月也（かつらつきや）が口にした言葉を思い出す。〈生きる〉という罪を犯そうか。

（生きる、か……）

陽介は細く息を吐き出して、目を閉じる。鼻の奥がツンと痛んだ。昨夜は手のひらに伝わる体温だけでいっぱいになってしまったけれど、改めて思い浮かべると泣きたくてたまらなくなった。

生きる――

月也は、どれほどの想いでその言葉を口にしたのだろうか。

産みの母とは、ぬくもりも知らないままに死に別れた。育ての母からは、その腹に刃を立てられるほどに憎まれていた。父親からも疎まれていた。

愛されてこなかった。

殺したいと思うほどに。死にたいと思うほどに。「生」に背を向けるような二十一年を過ごしてきた彼が、生きると言った。

罪、として。

（先輩にとっては、生きることも完全犯罪なんだろうな）

再び息を吐き、陽介は右手を握りしめる。人差し指の先に傷痕の感触があった。とうに慣れたはずの古傷が、不意に存在を主張した気がして、陽介は目を開ける。

手のひらを見つめても、親指の付け根に残る傷はいつもと変わらなかった。白っぽく、皮膚が突っ張っているばかりだ。今更熱を帯びることも、痛みを感じることもない。月也のように悪意によってできたものですらない、不注意で付けてしまった傷痕。

家の農作業を手伝っていた時に、草刈ガマで切り裂いた。

小学四年生の夏だった。

田んぼの畔（あぜ）にも除草剤で対応するような時代だから、カマを振り回す必要はなかったけれど。どうしても一か所、除草剤も草刈り機も入れられない場所があった。

古くぼろぼろの、苔むした石が立つ一画。

集合墓地が整備される前に死んでいった、何代も昔の「日下」の墓。

（だから「呪い」だと思ったんだよな……）

墓の掃除も、農作業の手伝いも、面倒くさいと文句を言いながらやっていたから。田んぼを見守るように埋められたご先祖様に怒られたのだ、と。

お前も「日下」なのだから敬え、と血を見せつけられた気がした。

あの時——母は大慌てで、タオルを押し当ててくれた。父は、何をしていただろうか。

夏の日差しが強く、眼鏡のレンズが反射して、目元は見えなかった。

ため息と、億劫（おっくう）そうな唇の動きは分かった。

——うつさな。

四文字の呟きは、あえて聞こえなかったことにした。鬱サなると、自分の失態を呆れているのだと感じてしまったから。傷の痛みにだけ気持ちを向けて、奥歯を噛みしめて、涙を堪えた。

（心配してくれてもよかったんじゃないかなぁ）

今更どうでもいいことを思って、陽介はため息をつく。どうにも口呼吸が増えている。鼻が詰まりかけているためだ。アラームが鳴っても起き上がる気持ちにならないのも、風邪をひいたせいかもしれない。

（朝ごはん作らなきゃ……）

風邪気味程度なら起きなければ。まして、古い記憶にとらわれている場合でもない。分かっているのに、気を張ることができない。

ぽっかりと、中心が「空っぽ」になっていた。

そこに、コツコツ、という音が響いた。

「先輩……」

　カーテンの隙間を、ゆらり、と加熱式タバコの煙が流れる。陽介は誘われたように起き上がると、窓際の座椅子に引っ掛けてあるパーカーを羽織った。震災の影響で歪んでしまったらしい窓を開け、サンダルをつっかける。湿っているのは、微かに降る雨のせいだ。

「おはようございます」

「おはよう。大丈夫？」

　窓に寄り掛かる月也は、重い前髪を揺らして首をかしげた。陽介は首のうしろに手をふれて苦笑する。

「すみません。ちょっとだるくて……熱はないと思います」

「じゃあ、朝飯買ってくるよ」

「雨降ってますけど」

「すぐ止むだろ」

　タバコをオフにし、月也は陽介と入れ違うように中へと入る。畳の上を一歩進んだところで、思い出したように振り返った。

「何食いたい？」

「先輩と同じので」

「菓子パンオンリーになるけど」

「明太子と梅のおにぎりがいいです」

「素直に言えばいいのに」

くすくすと笑う背中を見送ると、陽介は深く息を吸う。詰まりかけた鼻でも、タバコのにおいはよく分かった。

閉まる玄関ドアの音に、空っぽの理由を見つけてしまった。

「ずっと、生きてほしかったんだもんな……」

呟いてしゃがみ込む。

また、存在しない痛みを感じた気がして、右手の傷痕を見つめた。

（生きてほしかったんだよ）

桂月也に生きてほしかった。

一緒に生きてくれることが一番の願いだった。そのことに比べたら、完全犯罪の阻止など取るに足らないことだったのかもしれない。だから、遠雷の夜に共犯者になることもできたのだ。

願いは、十六夜（いざよい）に叶えられた。

達せられたから、空っぽになった。

（本当、僕って我儘（わがまま）だなぁ……）

生きる、と口にした月也の変化に戸惑っている。寂しさを感じている。気が抜けて、起きることすら億劫になるくらいに、不安を覚えている。

彼の変化は、自分にも変化を求めてくるからだ。

互いに観測して、何者でもない中に「自分」を見つけ出そうとしているために。観測者の変化が、このままでもいいのか、と陽介に問い掛けてくる。

教員を目指すほどの「好き」もなく。

家族を求めるほどの「執着」もなく。

正義もアイデンティティもふらふらで、曖昧で——ある意味で、どんなことにも平坦だった。平等だった。

その中で、ただ一つの「特別」だった月也が変わってしまったら……自分だけが何者でもないままに、取り残されてしまう気がした。

パンデミックの中で変わってきた終着点が「空っぽ」になってしまう気がした。

「僕は、二人で生きる相手に相応しいですか」

親指の傷痕から目を背け、問う。

月也の手の記憶をあやふやにするように、冷たい風が指の間を抜けた。

「……こたつ出さなきゃ」

陽介はきつく右手を握りしめ、立ち上がる。軽く掃除機をかけて、こたつをセットするくらいなら、月也がコンビニから戻る前に終わるだろう。

そうして部屋が変わったら、少しは空っぽも誤魔化せるかもしれない。

(「変わる」っていうのも複雑だな)

なんでもないままで、よかったのに……。

ため息を飛ばすように、陽介は小雨を降らす七時前の空を見上げる。

「Rain before seven, fine before eleven.」

いつか月也が教えてくれた、おまじないのような言葉を唱えた。

第1話

十一月四日。

内閣府が、若者に向けた地方移住紹介サイトを立ち上げるという、あまりにもくだらないニュースが流れている。陽介は朝食後の紅茶をすすり、テレビを消した。セッティングしたばかりのこたつの上に広がる、時間割表のようなメモ書きに首をかしげた。

「教育原理、生徒指導論……ってコレ、教免用の？」

こたつの向こう側で月也は頷き、そのまま天板の上に突っ伏す。投げ出された赤いボールペンが、陽介の前まで転がってきた。

「埋畑（うめはた）……卒研の担当教授がさ、まったく教職課程の内容分かってなかったらしくってねぇ。どれだけ単位が必要とかも知らねぇのに、俺に教免勧めてきたって発覚しましてね。いやまあ、なんだかんだ教職カリキュラムも登録してる生徒の方が多いから、俺もそのタイプだって思い込んでたっていうのもあるらしいけど？」

「足りない。どんだけ計算しても、時間が足りない！」

メモ書きに額を押し付けて月也は唸る。ブツブツと唱えているところによると、それでも特別措置があったらしい。

本来なら、十月の後期日程から教職課程カリキュラムを始める場合、七月中に履修登録のガイダンスを受けなければならなかった。当然、その頃の月也に教員免許取得などという目標はない。ガイダンスはスルーされていた。

それを、後期日程から始められるように優遇してもらえたのは、そもそも教授の勘違いから始まったことと、新型感染症のパンデミックのおかげらしい。

前期中はほぼ通学できず、ガイダンスどころではなかったのだから大目に見るべきだ、と埋畑教授が口添えをした。大学も教育機関の一つであるのだから、未来ある若者の可能性を云々……と色々語ったともいう。けれど、実際のところは「学長と仲良し」というのが一番の理由のようだった。

「三年後期からって時点で無理なんだよ。二年後期でもギリやばいって感じなのに、来年の卒業までって不可能だから。一年半でどうにかなるカリキュラムじゃねぇよ、コレ」

大きく息を吐き出して、月也は顔を上げる。白いマグカップを両手でつかみ、紅茶に向かって弱々しく呟いた。

「留年する余裕はねぇしなぁ」

「えっと、まさか……」

学費がない、と月也は眉を曇らせる。

義母——桂清美（きよみ）の身に宿る、正しい血筋の子に浮かれる「桂」は、見捨てた子どもたる月也には一銭も出さないだろう。それでも、書類上の保護者は彼らになるから、経済的理由も使えない。代々続く議員の家系であり、父、正之（まさゆき）も現職という家が、学費も払えないほど困窮しているなどと信じてはもらえない。

月也が今獲得している学費免除は、優秀な学生に対するボーナスみたいなものだ。留年まで対象にはしていない。

「院……」

大学院に進めば、留年にはならないけれど。月也よりも有益な研究をしている学生は大勢いる。彼・彼女らを蹴散らして、教員免許のためだけに院生になるのは無謀だ。月也の通う大学は、あくまで理科を専門とする理科大学なのだから。

「詰んだな、これ」

乾いた笑みを浮かべると、月也はマグカップのふちに上唇をつけた。飲むことはせず、ゆっくりと鼻で呼吸する。香りを楽しむような高級茶葉ではないけれど、それでも、紅茶の香りに心を落ち着かせようとしているのだと、陽介には分かった。

「悪ぃ陽介、今の話聞かなかったことに——」

「学費なら、僕の使えばいいじゃないですか」

当たり前のように、陽介は紅茶をすする。

「あれは先輩のおかげでゲットできたお金でもあるんですから」

遠雷が騒がしかった夏。陽介も学費問題に苦しめられたけれど、月也のおかげで救われた。彼と一緒に「示談金詐欺」を犯したことで、卒業までの学費を手にできたのだ。

被害者となった桂議員から騙し取った金銭は、まだ百十万円以上残っている。月也を一年留年させるくらいできるだろう。

（まあ、今度は僕が進級できなくなるけど……）

空っぽを抱えている状態では、どうせ、勉強にも身は入らない。教育学部に在籍していながら、先生になりたいのかも分からなくなっている自分よりは、月也のために使う方が有意義だ。

結果として、実家に戻ることになるとしても……。

（先輩が先生になってくれる方が嬉しいし）

睫毛を伏せ、陽介は黒いマグカップの縁を見つめる。少しだけ、空っぽが埋まったような気がした。

（ああ、きっと僕は、先輩の幸福を願っていたいだけなんだ）

見つけた「自分」に微かに笑う。これだから、月也の傍にしか日下陽介はいない、などと感じるのだ。それならそれでいいと思っていると。

月也の白い指先が、強く、額を弾いた。

「何するんですか！」

「俺は、陽介と一緒だから生きようとしてんの」

「……」

「これだから『日下』はなぁ」

ため息をこぼし、月也はこたつを離れる。自室からメッセンジャーバッグを取ってくると、何も言わずに出掛けてしまった。

（「日下」って……）

こたつに残った陽介は、額をさすりながら口を尖らせる。どうして今、町の相談役としての名で呼ばれなければならないのか。「陽介」として願ったのであって、実家と町のシステム「日下」とは関係なかったというのに。

（先輩を特別扱いしてる時点で、「日下」っぽくないと思うんだけどな）

町の存続と安寧を一番に考えるのが「日下」だ。平等に接することに心を砕いていて、特定の誰かを特別扱いしたりしない。

反対に、「日下」だからと特別に思ってもらえないから、お見合い結婚ばかりだった。

（意味分かんないし）

口を尖らせたまま、陽介は紅茶をすする。冷めるのが早くなったのは、季節が変わったからだ。

あっという間に一年が過ぎる。タイムリミットが迫ってくる。

「一緒だから……」

陽介はゆっくりと瞬くと、こたつの上に残された白いマグカップに視線を移した。

月也が「生きる」と決めた理由が、二人でいることにあるのなら、それは叶えられるかもしれない。記憶の奥から引っ張り出してきた情報が正しいか確かめるために、陽介は充電中のスマホに手を伸ばした。

（休学なら、学費は払わなくてよかったよな）

大学のサイトを検索する。やはりそうだ。休学状態にすれば、学籍を残したまま、学費を浮かせることができる。実家に対しては大学生のふりをしたまま、月也を留年させることが可能だ。最終的に、月也の卒業と合わせて退学すればいい。

（僕は教免なんてなくても構わないし……）

――目標も一緒って、なんか嬉しいですね。

三日前に口にしたことを思い出し、チクリ、と胸に痛みを感じる。嘘つきになってしまうけれど、理想の教師像として憧れた人が、諦めてしまうことの方が問題だ。

自身を納得させるように頷き、陽介は紅茶を飲み干す。最初の緊急事態宣言から何か月ぶりかに、大学を訪れることにした。


メインストリートと言っていいのだろうか。

大学正門から奥へと続く通りは、ずらりと並ぶ銀杏（いちょう）がちらちらと黄葉を始めている。雄株だけが選ばれているために、ギンナンが臭うこともないのが、農学部に森林関係の専門コースも有している大学らしく感じられた。

（入れないかもって思ったけど……）

正門は、人が通り抜けられる程度に開いていた。これまできちんと顔を合わせた覚えのない守衛が、退屈そうに立っていた。彼の仕事はどうも、車の侵入に対してのみあるらしく、陽介が近付いても学生証の提示を求めてくることすらなかった。

キャンパスは、記憶よりもずっと静かだった。

時間的には二コマ目が始まったあたりだ。通りを歩く人の姿が少ないのは、そのせいだと言えたかもしれない。けれど、ざわざわとした、教室からの気配が感じられないのは薄気味悪かった。

大学はまだ、休眠中なのだ。

オンライン授業ではどうしようもできない、実験の類が再開されたとしても。サークル活動は禁止され、学食は閉ざされたまま、銀杏の葉ばかりが色を変える。

学生部棟の前の掲示板も、色褪せた紙ばかりになっていた。

唯一鮮やかさを残していた紙は、学祭の中止を告げていた。

（あー、今月だったっけ）

なんとなく、陽介は足を止める。

創立記念日に合わせて行われる学祭は、サークルに所属していないと実感が薄い。一年生だった去年は気付けば終わっていて、今年はこんな有様だ。休学からの退学を目論む陽介は、このまま参加することなく終わるのだろう。

(大学生らしいこと、なんもしてないかもなぁ)

何が「大学生らしい」のか、問われると分からなくなるけれど。友だちに出席確認を任せてサボってみたり、誰かの家で飲み明かしたり、長期休暇限定のペンションのバイトだとか、試験監督だとか、そういうことはしてこなかった。

気のいいオーナーが経営する居酒屋でバイトして、家事をして、勉強して。少しでも月也との時間を確保しようとしていたあたりは、高校生の時と大差ないかもしれない。

(教育心理学の先生は、ちょっと面白かったな)

花はきれいではない、と講義初日に告げた人だった。理由は教えられず、半年間講義を受ければ分かるだろうと不敵に笑っていた。

教育学部に所属する准教授ではあったけれど、どうも彼の興味の対象は認知科学にあったようだ。そのせいか、いつも斜に構えていて、妙に鋭い観察力を持っていた。

(卒論書くなら、あの先生がいいなって思ったんだっけ)

今となってはどうでもいいことだ。陽介はため息をつく。マスクのせいで曇る眼鏡を鬱陶しく思いながら、学生課に向かった。

廊下の壁に貼り出されている求職票が、少なく感じられた。季節的なものか、感染症による影響か。さすがに就職活動には早すぎる陽介には分からなかった。

学生課の文字が入ったスライドドアを開けて入ったところで、陽介は眉を寄せた。受付カウンターらしいものはあるけれど、何と表示されているわけでもない。誰に声を掛けようかと迷っていると、ベージュ色のマスクの女性職員が視線を向けた。

ちら、とパソコンを気にしてから職員は立ち上がる。どちらからともなく会釈して、陽介から口を開いた。

「あの……休学届はこちらでいいですか？」

「ええ、そうですよ」

マスクのためにはっきりしないが、職員は四十前半くらいだろう。よく手入れされた艶やかな髪を耳に掛け、カウンターの下から書類を取り出した。

「休学願い書類です。添付書類一覧に指導教員の意見書、診断書とありますが、現在は特例措置として不要となっています。休学理由も、新型感染症の影響による心身の不調のため、としていただければ、書類はほぼノーチェックで通りますので」

なめらかに説明しながら、職員は書類上の該当箇所を人差し指で示す。その爪には、竜胆（リンドウ）のネイルが施されていた。陽介が違和感を抱いたのは、秋のイメージのある花だからだ。仏花としての印象も強く、明るいモチーフとは言い難い。

ネイルそのものは、感染症の影響で、自宅での時間を有効に使おうとして始める人が増えたと知っている。だから、職員が趣味としていたとしても不思議ではない。事実、彼女の爪も自身の手で飾り付けたのだろう。仕上がりに若干のムラがあった。

「郵送での提出も受け付けていますが……」

ちら、と職員は壁のカレンダーに目を向ける。視線を左右に揺らめかせて数えるような仕草を見せたあと、納得したように小さく頷いた。

「提出期限は月末ですけど、保証人が遠方にいる場合には、早めのやり取りを行った方がいいかもしれません」

「保証人……」

「入学届に記載された方ですね。皆さん、おおよそ保護者の方になると思います。後ほど電話確認が行きますので、日中つながりやすい連絡先の記入をお願いしてください」

「連絡、行くんですね」

当然です、と職員は頷く。陽介はどんよりと、保証人——父の姿を思い浮かべた。

（保証人は捏造するしかないなぁ……）

筆跡くらいは誤魔化せたとしても、電話連絡には手を打たなければならない。誰か、父のふりをして、休学に同意してくれる人を見繕わなければならないようだ。誰か——思い浮かぶ人物が一人しかなく、陽介はそっとマスクの中でため息をこぼす。

職員は何を思ったのか、同情するような視線で瞬いた。

口調は、機械のように事務的なままだった。

「十一月末の許可決定で、一月から休学扱いとなりますので。あと、後期学費の返還については、今月がラストチャンスです。十二月以降の申請では全額負担となりますから、その点は注意してください」

「……変なこと聞きますけど。もしかして、休学してる人って多いんですか？」

休学願いと記載例のプリントを束ね直していた職員は、ぴた、と手の動きを止めた。先ほど浮かべた同情の色をいっそう濃くし、プリントをクリップで挟む。

「ええ。今日はあなたで二人目です。先ほどの子は退学希望でしたけれど……この半年、例年にない数の学生が休学、退学を申請しています」

「そのたびに、あなたが受け付けてきたんですね」

ええ、と頷いた職員は不思議そうな顔をしている。陽介はカウンターのアルコールで手指を消毒してから、休学願い書類を受け取った。

「とても説明慣れしてたから」

マスクの中で笑った。

「竜胆の指先を使っての説明がね。だから思ったんだ、あなたは学生たちに同情することを楽しんでるんだろうなって。自分は無事に仕事にも就いて、感染症対策で出勤人数が絞られたオフィスでネットなんかして、流行りのネイルなんかもやってみたりしてさ。安定した場所にいられるから、優越感に浸ってたんでしょ。その無言の象徴として、竜胆を描いたんだ」

職員は何も答えない。ただ、マスクの上の瞳をさまよわせるばかりだ。そのことが――陽介に焦点を合わせていられないということが、ある意味では答えだった。

「竜胆の花言葉は『悲しんでいるあなたを愛する』だからね。感染症に振り回されて希望をなくしている学生たちを、愛せる自分を感じていたいってところかな。わざわざ学生の目につきやすい人差し指に描いてるってのは悪趣味だと思うけど」

「……ただ、竜胆が好きなだけですよ」

「まあ、それならそれでいいんじゃない?」

どうせ、気にしない学生が大半だ。必要書類さえ受け取れれば、誰がどのように渡してきたところで構わないのだから。

人の指先にいちいち注目して、そこから心理を想像する。

厄介な性格になってしまった自分に、陽介は苦笑した。

「でも、おれみたいに気付く奴もいるだろうし、どうせなら青いネイルの方がいいと思うよ。医療に従事する人への感謝と応援を込めてってことでさ。その方がまだ、印象もいいからさ、変なクレームが入る危険性も回避できるんじゃない?」

「あなたは……」

「大丈夫。おれはクレームなんて興味ないし。こうして指摘してるのも、八つ当たりみたいなものだから」

ケラケラと笑って、陽介はキャンバス生地のトートバッグに書類を仕舞う。早足で学生課を後にした。銀杏の下に戻ったところで、深く息を吐き出した。

(何やってんだろ、僕は……)

職員の爪に竜胆が描かれていようが、青かろうがどうでもいい話だったのに。悲しんでいる姿を愛するなどという傲慢さに気付いたら、黙っていられなかった。気付いたことで、相手の心を揺さぶってもいいと思ってしまった。

多分に、月也の影響だ。

相互作用――変化。

戸惑うのは、自分が空っぽであることに気付くばかりだからだ。

料理には興味があるけれど、趣味程度でしかない。今では、月也に食べてもらうのが嬉しいから、とますます個人的になっている。

(僕には「好き」なんてないもんなぁ)

月也が理科に向けるように、いとこの茂春(しげはる)が農業に向けるように、自分の軸となるほど情熱を帯びた「好き」は持っていなかった。

(それでも、楽しいって思ってたんだよ)

たった一年の、教育学部での日々を。

実家から逃げる口実でしかなかったとしても、日々は楽しかった。大勢が農家を選ぶことで日下が衰退することを期待して、子どもが農業に興味を持つよう洗脳してやろうなんて、薄暗い目的で選んだ道でもあったけれど。ここでしか知ることができないことを学べるのは、楽しかった。

(子どもと触れ合うのは、少しだけ好きだったかもな)

梅雨のスーパーで出会った小学生、翔平(しょうへい)だとか。先月つい声を掛けてしまった迷子の女の子、唯奈だとか。彼・彼女らの気持ちに寄り添いたいと思えたのは、教育学部という自信があったからだ。

「あー……」

何を未練に思っているのだろう？　陽介はトートバッグの持ち手を握りしめる。一人分の学費しかないのだから、先生になりたい人が二人いてはいけない。

（「一緒に」は理想論ですよ、先輩）

わざと気持ちを暗くして、陽介は、それでも教育学部棟に足を向ける。最後になるのなら、場の空気にふれてから帰りたかった。

エントランスホールを入ると、教育棟は左右に分かれる。家庭科に関する実習室が集まるのは、右手側の二階だ。同じ階に家政にまつわる先生たちの研究室も並んでいた。

その一つ。

被服のリユースについて研究をしている教授のドアの前に、見知った顔があった。

「横沢さん」

「日下くん」

声を掛けたのは同時だった。すぐに、家庭科教育専攻二年の横沢はうつむいてしまう。しばらく美容室に行っていないのだろう、カラーが褪せてパサついた髪が肩に垂れた。

「なんか、すっごく久しぶりだね」

横沢は髪にふれ、陽介を見ることなく睫毛を伏せる。同期だから無視できないけれど、長く話していたくもない。仕草にそんなことを感じ取って、陽介もあえて目を伏せた。

「うん。オンラインでは会ってるけど」

「あー、そうだったね」

「次は火曜日だっけ」

「どうだったかな」

横沢は、たぶん苦笑した。マスクのせいで口元が見えないから、陽介の印象でしかなかったけれど。

（今日はもう一人、退学届を取りに来た学生がいるんだっけ）

タイミングを考えると、横沢だったのかもしれない。だから物寂しそうに、被服を専門とする教授の研究室を見つめていたのだろう。

（やりたいことがあるなら、退学なんてしなきゃいいのに）

自分のことも、横沢の事情も棚に上げて、陽介は奥歯に力をこめる。マスクであることを感謝しながら、さらに目元を読まれないように眼鏡のブリッジにふれた。

「ごめん。本当はおれ、来週の火曜日にはもういないんだ」

「え？」

「休学しようと思って。今日来たのも書類のためだったんだよね」

ああ、と横沢は戸惑ったように声をもらす。陽介は軽い調子で笑って、キャンバストートを肩にかけ直した。

「だから、最後に同期の人に会えて嬉しかったな。ね、横沢さん。せっかくだからコーヒーでもどう？」

おごるよ、と首をかしげる。横沢は左右に視線をさまよわせると、冬らしさを感じる白いファーで縁取られたバッグを抱きしめた。

「あ、ごめん。なんか最後の最後で知り合いに会えたから、テンション上がっちゃって……迷惑だったよね。ホント、ごめん。ただちょっと、休学なんてイヤだなって思ってたりもしてたから、つい……あ、別になんでもないから！」

気にしないで、と陽介は両手を合わせる。本当に軽い気持ちだったことを印象付けるために、くるりと横沢に背を向けた。

「じゃあ、おれもう帰るね。横沢さんも元気でね！」

肩越しに手を振る。これで追い掛けてこなければ、それでよかった。「最後」「イヤ」というキーワードが、横沢の心に響かなかったということだから。

もし、彼女が退学届の学生であるならば。

そして、大学に未練があるならば――

似たような境遇の知り合いと、話したいと思うかもしれない。心の中のモヤモヤを、誰かにこぼしたいと思うかもしれない。

（僕が話し相手になれるなら……なんてねぇ）

つい、暗に誘うような態度を取ってしまった。自分のどうしようもなさに、陽介がマスクの中で苦笑をこぼすと。

「日下くん！」

洒落たブーツの音を響かせて、横沢は陽介のとなりに並んだ。陽介は速度を落とし、彼女の歩幅に合わせる。何も言わず首をかしげた。

「日下くんは、どうして休学するの？」

「んー……簡単に言っちゃえば感染症のせいだけど。ちょっとまあ、お金の事情的なものもあって。いきなり退学するよりは休学で様子見っていうのかな。ほら、休学なら一応、大学生のままでいられるから」

嘘ではないけれど全てでもない。話せる部分をうまく組み合わせて、こちらはオープンですよと印象付ける――「日下」的だ。教わったというよりは、日常風景にあったから、陽介も自然と覚えてしまっていた。

日下家の縁側は、そういう場所だった。

どんなに受け継ぎたくないと思ったとしても、そこに「場」があった。

「もしかして、可哀そうって思ってくれた？　だったら横沢さん、哀れなおれにコーヒーおごってよ」

「……日下くんがおごってくれるんじゃなかったの？」

「あー、言ったねぇ。自販機でもいい？」

「うん。実はわたしも、お金には困ってるから」

お互い大変だね、と乾いた笑みを交わし合い階段を下りる。エントランスを出てすぐの自動販売機で、陽介はホットのブラックコーヒーを買った。横沢はホットのミルクティーを選んだ。

どこに行くという当てもなく、エントランス前のステップに、一メートルほど距離を開けて座る。感染症対策でもあったし、それが二人の「親しさの距離」でもあった。

「せめて学食が開いてればねぇ」

「うん。でも、晴れてるから」

寒くはないと言いつつ、横沢は缶ボトルで指先を温める。十一月の空は、晴れているからこそ風を冷たくしていた。

(金銭問題が退学理由ってところかな)

横沢の言葉に想像しながら、陽介はプルタブを引っ張る。こちらからはもう、話し掛ける気はなかった。彼女のタイミングで、話したければ話せばいい。黙っているのならそれでもいい。

陽介はただ、缶コーヒー一本分の時間を用意しただけだ。

使い方は、横沢次第だった。

「うちもね、感染症のせいで収入が減っちゃって。学費どころじゃなくなっちゃったんだよね」

「そっか……じゃあ、横沢さんも休学?」

「ううん。退学」

「え……」

休んでいる間に状況が変わるかもしれないのに、と陽介は驚く。本心ではなく。横沢だってそれは考えたはずだ。親の収入減が原因なら、学費の猶予だってあった。

それでも、彼女は退学を選んだ。

それなのに、未練がましく学内にいた。

（単なる金銭問題って考えると、ちょっと違和感あるかもなぁ）

全体像が見えてこないのは、情報が不足しているからだ。ロジカルに考えようとする癖は、「日下」というよりは月也の影響かもしれない。新型感染症によってステイホームが叫ばれる中、「理系探偵」として様々な謎を解いてきたために染み付いてしまった。

「日下くんはもったいないって思うかもだけど。わたしにはね、チャンスなんだ」

「チャンス？」

「わたし……」

横沢は口を閉ざす。ミルクティーのキャップを回して、一口すすった。色褪せた髪を指先に絡めて、妙にきれいに笑った。

「わたし、お母さんのお人形だったから」

一足飛びに結論が告げられる。陽介は「うん」と、分かったような分からないような気持ちのままに頷いた。

横沢は、もう一口、ミルクティーを含む。唇はお人形らしく、艶のあるピンク色をしていた。マスク時代になっても、化粧の手を抜いていないらしかった。

「家庭科の先生になりたかったのはね、お母さんなの。それなのに学生結婚して、勝手にわたしのこと産んで、勝手に夢を諦めたの」

「……うん」

「だから、わたしに叶えさせようってわけなんだ。この大学なのもね、二人が出会った場所だからって、勝手に決めちゃったの」

だから退学してやるの、と横沢は吐き出して空を睨んだ。その横顔が、涙を堪えているように見えるのは、陽介の錯覚ではないだろう。

きっかけはどうあれ、横沢はここで「好き」を見つけたのだ。

見つめていたドアからするに、被服関係で。バッグやブーツにこだわりが感じられるのも、化粧も、その影響かもしれない。

（茂春にいちゃんと同じパターンっぽいなぁ）

陽介はコーヒーを飲み、横沢と同じように空を仰ぐ。夏空のような眩しさも、どこまでも成長する雲もなかった。

きっと、あの町には雪が降っていた。

この時期でも、茂春は農作業をしているのだろうか。農家に生まれ育っておきながら、陽介はあまり作業内容を知らない。継ぐものか、と見ないふりをしてきたためだ。

いとこの茂春は違った。育てることが好きで、キラキラとした好奇心を作物に向けていた。その目が、一度曇ったことがあった。

農業に興味を向けるように、父親が仕向けていたのだと知ってしまった時。

純粋な「好き」が、作り物になってしまったと、自棄を起こしていた。

今、彼はまた、まっすぐに農業と向き合っている。きっかけがどうあれ、「好き」と感じた心は本物だったと受け入れることができたから……。

（でも。横沢さんは、元から好きだったわけじゃないか）

この場所に来たことで、出会ってしまった。

望まなかった「場」で、見つけたとするならば……陽介はそっと、苦い息を吐く。きっと横沢が抱いているものは、自分の方に似ている。

好きで、この道を選んだわけじゃないのに――

「横沢さんには、おれってすごい自由人に見えるよね」

「………」

「だよねぇ。家庭科教育の男子って少ないもん。自分の意思で決めてきたって感じバリバリするよね」

「……うん。だから、あの、本当はちょっと苦手だった」

「じゃあ、知っておいてくれたら嬉しいな。おれね、いわゆる長男信仰が残ってる田舎から出てきたの。家庭科を選んだのって反動なんだよね。長男らしさを押し付けてくるみんなに『らしくない』を見せつけてやろうと思って……」

はあ、と陽介は視線を落とした。教育学部棟前のアスファルトには凹みができていて、雨水が消えずに残っていた。

(わりとこっちの方が真実なんじゃ……)

横沢を慰めるつもりの雑談で、自分のことに気付いてしまった。家庭科教育に進んだ理由。食生活から入り込んで、子どもが農業に興味を持つように洗脳する……回りくどい目的よりも、反抗心の方がよほど動機らしい。

「おれも、好きでここに来たわけじゃないんだよね」

「……そっか」

横沢はうつむくように頷いた。ミルクティーを口に運びかけて、飲むことなく手を下ろす。微かな風にも揺れる、バッグのファーを撫でた。

指先が、何かを見つけたらしく止まった。つまんだのは白い糸だ。横沢は恥ずかしそうに瞬いて、糸くずを風に飛ばした。

「もしかしてその鞄、横沢さんの手作り?」

「え！　違うの。バッグは売り物で、シンプルな黒が可愛いなって思ったんだけど、帰ってみたらシンプル過ぎて。だから、家にあったファーを足したら可愛いかなって」

リメイクしただけ、と横沢は照れ臭そうにバッグを抱きしめる。「リメイクでも充分すごいじゃん」と笑って、陽介は膝を台に頬杖をついた。

（つながっちゃったなぁ……）

心の中でため息をついて、横沢の横顔を見つめた。

古くなったもの、気に入らなくなったものをすぐ捨てるのではなく、ちょっと工夫して手を加えてみる――そういう講義をしていたのが、横沢が見つめていた研究室の教授だ。その教えを実践しているということは、彼女はそこに「好き」を見つけたのだ。

けれど、この「場」は望んで辿り着いたものではなくて。

押し付けられた「嫌い」でできていて。

素直になれなくなっている……。

（どうしようかなぁ）

陽介は、溢れ出そうになったため息を、コーヒーで呑み込んだ。彼女の横顔から視線を逸らし、トートバッグからスマホを取り出した。

月也から着信があったと、お知らせが表示されていた。バイブレーションに気付かなかったのは、移動中だったからだろうか。

（先輩なら、無視するんだろうな）

死にとらわれてきた彼が、他人の生き方に口出しするはずもない。自分がどうしたいかを考えるしかない。

横沢に、退学を戸惑っている理由を再認識させるか。何もせずに立ち去るか。

惑う思考に、ふわり、と月也の言葉が浮かんだ。

『他人を放っておけないお人よしが、日下陽介だ』

そうだよな、と陽介はコーヒーを飲み干す。

スマホをジーンズのポケットに押し込み、トートバッグから財布を取り出した。パーカーのポケットに入れ、クリアファイルに挟んだ休学関係の書類は左手につかんで、バッグの中を空にする。ひっくり返して細かいゴミを落とすと、横沢の目の前に立った。

「ね、これのリメイクお願いしてもいい？」

キャンバス生地が薄汚れた、くたびれた雰囲気の漂うトートバッグを掲げる。

「入学してすぐに買ったんだけど、飽きてきちゃって。横沢さんのセンスで素敵に変身させてくれたらいいなって」

「……退学するんだけど」

「ま、いいじゃん。ちくちく針と向き合ってたら、もしかしたら、新しい発見もあるかもしれないし？」

微笑んで、陽介はマスクを顎に掛けたままだったことに気付く。慌てて口に戻すと、休学書類が散らばった。横沢は肩をすくめると、書類の一枚を拾う。

「日下くんは、わたしに辞めるなって言いたいの？」

「言えないよ。決めるのは横沢さんだから……ただ、自分の心を大事にしてほしいって思っただけ」

目を細め、陽介は横沢の手から書類を受け取る。自分はとんだペテン師だと、口の中に苦みを感じながら。

　――自分の心を大事にしてほしい。

　そう言う「自分」は、空っぽになっている。他人の幸福を願うことでしか、満たされなくなっている。

　そこに自分の心はあるのか。満たされると思うなら、それも「心」と言えるのか。

（平坦だな……）

　生きてほしいという願いが、あまりにも強すぎたのだ。ごっそりと消えた後はどこを向いても地平線しかなくて、途方に暮れるしかなかった。

（僕は、どこに向かえばいいんだろう）

　迷子の気持ちでいる陽介の前で、横沢はファーの揺れるバッグを漁る。中から、くるくると丸められたエコバッグを取り出した。

「書類、また落とすと困るから」

「リメイクしてくれるの？」

「やってみるだけだから。退学のこととは関係ないから」

　うん、と頷いて、陽介はエコバッグとトートバッグを取り換える。横沢は早速生地の様子を確かめて首をかしげた。

「日下くんは好きな色とか、モチーフとかってある？」

「色にこだわりはないけど。ハリネズミが好きかな」

「へぇ、ハリネズミ……」

何故か意外そうにする彼女は、クジラが好きなのだろう。広げたエコバッグにはワンポイント、可愛らしいクジラが刺繍されていた。

「てっきり、宇宙が好きなんだと思ってた」

「え……」

「ほら、裁縫実習の時に選んでた生地、宇宙っぽい柄だったから。そういえばあの時に作ったブックカバー、まだ戻ってきてないね。大学の先生ってテキトーだよね」

「うん。そうだね」

恥ずかしさを隠して陽介は笑う。すっかり忘れていたけれど、文庫サイズのカバーを縫ったことがあった。でも、渡そうと思った相手はいつも大判の本を読んでいるから、使いどころはなかったかもしれない。

「ハリネズミも宇宙も、おれにとっては同じなんだけどね」

「ふぅん？　なんか、デザイン的な共通点があるんだ？」

広げたトートバッグを日にかざす横沢の目は、キラキラと輝いている。きっと彼女の脳内には、リメイク案が浮かんでいるのだろう。

（僕もそういう「目」を持てたらいいのに……）

「好き」に向ける眼差しを、持っていたら悩まなかっただろうに。心の中に空っぽの地平線を感じる陽介は、ただ、横沢の瞳に向けて微笑むことしかできなかった。

「んー、やっぱり駄目かも」

「え。無理そうだった？」

「ううん、違うの。やっぱ楽しいなって思っちゃって……裁縫なんて、ここに来るまで興味なかったのになぁ。悔しいなぁ」

ああ、と大きく息を吐き出すと、横沢は丁寧にトートバッグをたたんだ。鞄に仕舞うと、跳ねるように立ち上がる。

「退学じゃなくて、もっと考えてみる。学費なら免除申請とかあるんだもんね。もっと、ちゃんと、自分の心で考えてみる」

「うん。横沢さんらしくね」

「ありがとう、日下くん。バッグ期待しててて！」

にっこりと笑った横沢は、学生課の方へと駆けだした。退学ではない、別の手段を相談しに行くのだろう。対応するのはまた、竜胆のネイルの職員だろうか。だとしたら、月也好みの胸がすく展開かもしれない。

憐れむことで優越感を抱いていた相手から、希望に満ちた視線を向けられるのだから。

「……ほんと、僕は何をしてるんだろ」

ステップに残った、ミルクティーとコーヒーの空き缶を持ち上げる。自動販売機そばのゴミ箱に落とすと、かつん、と乾いた音が響いた。

中身のない、空っぽの音だ。

(憧れは、自分が持ってないから抱くんだもんな……)

月也に憧れた。あんな先生になれたらいいのに、と。

その時点で、本当はもう手遅れだったのかもしれない。持たない自分では「なれない」と覚悟するべきだったのかもしれない。

(一緒に歩みたかったのは嘘じゃないんです)

息を吐き、ジーンズのポケットに手を回す。ためらいもあったけれど、無視もしたくなくて、月也からの着信履歴を表示した。

折り返す。つながったのは、三コールの後だった。

『お前、今、どこにいる?』

「え、大学ですけど」

『あー……』

電波の向こうの月也は、何かを勝手に納得した。微かに、家にいないから出なかったのか、と呟く声が聞こえた。

『じゃあ、昼飯外で食わねぇ? 帰る予定だったけど変更するからさ』

「いいですけど。お金、大丈夫ですか」

『んー……正直、悩ましくはあるけれど。この前の喫茶店のパンケーキ、どうしても気になるんだよ』

「先輩……」

『決まりってことで』

月也はさっさと通話を終わらせる。まだ「月也先輩」と表示の残る画面を睨んで、陽介は口をへの字に曲げた。

（勘づかれたな……）

学費の話題が出た直後に、対面授業のない大学に来ている。この状況だけで、月也には充分だろう。退学では実家に戻ることになるから、休学を考えていると、彼なら察したに違いない。

（どうせ、保証人のふりしてもらうつもりだったし）

バレても問題はないと思いつつ、陽介は休学願いの入ったエコバッグを握りしめる。月也の声に、いっそう迷子の気持ちが強まったのは、空っぽをもたらしたのが彼だからだろうか。

（ちゃんと考えてなかった僕が、馬鹿だったんだよな）

願いが叶った後のことを。

月也と「どう」生きたいのかを……。

夜の濃厚接触疑惑で知り合った共田（ともだ）に教えられた喫茶店に着くと、月也はすでに加熱式タバコの煙を上げていた。先日と同じテーブル席で。左側の椅子を空けて座るのは、部屋のソファがもたらした癖だろうか。

「すみません。遅くなりました」

陽介は陽介で、右側の椅子にエコバッグを置く。自然と、向き合う位置関係になった。

「遅いから、陽介の分も頼んどいた。パンケーキ、二十分かかるっていうからさ」

「あ、僕も同じメニューなんですね」

「大丈夫。飲み物は注文してねぇよ」

何が大丈夫か分からない。陽介は気分ではない甘いランチを覚悟して、コーヒーは苦めのものを選ぼうとメニュー表を見つめた。

「また、いらしてくれたんですね」

花柄のマスクの女性が、目尻のしわを深くして水を置いた。先月に一度来たきりだというのに、覚えていてくれたらしい。陽介は笑い返して、こくんと会釈した。

「苦めをご希望でしたら、深煎りブレンドがいいですよ。コクも楽しめます」

「え……」

どうして分かったのだろうか。陽介が瞬いても、初老の女性はフフフと笑うばかりだ。手の内を明かしてくれそうにない彼女に、言われたブレンドをお願いすると、満足そうにカウンターへと戻っていった。

「別に、難しいことじゃねぇよ」

カラン、と月也がグラスの氷を鳴らした。

「時間のかかるメニューを頼んどいてやったのに、お前、感謝しなかったじゃん。違うのが良かったんだって察せられるだろ。そんで、前回のお前に関する記憶があれば、甘党じゃないんだろうって推測できる。客商売だけあって観察眼がすごいってだけの話だろ」

「あー……」

陽介はつい、花柄のマスクに目を向ける。目尻のしわをいっそう深くして、彼女は小首をかしげた。あくまで「何も知らない」ということらしい。

「そういうのって『日下』も同じじゃん」

月也は口を尖らせる。不愉快そうな彼を宥めるように、パンケーキの甘い香りが強く広がり始めた。

つられてカウンターを向けば、グレイヘアのマスターがオーブンを開けている。フライパンで焼き上げるのではなく、オーブンで仕上げるタイプのパンケーキらしい。そのまま食器としても使えるスキレットを二つ取り出した。

運ばれてきたパンケーキは、バターが溶けるだけのシンプルさだった。

メープルシロップの小瓶が、店内照明にきらめいていた。

「狙ったわけじゃねぇけど……文化祭ん時のパンケーキ事件だって、あれ、日下だから事件になったわけだろ」

呆れたように、月也はシロップの瓶を傾ける。とろり、と琥珀色をたっぷり回しかけた。陽介はナイフでバターを広げながら、軽く肩をすくめた。

「そんなこともありましたね」

月也が高三で、陽介が高二の時の文化祭だ。

調理部が毎年恒例で出している喫茶店の食券を、月也が無理矢理買わされたからという理由で、二人で紅茶を飲んでいた。安っぽい味だったのは、模擬店が在庫管理のしやすさを優先していたためだ。数えやすいティーバッグだけが準備されていて、夏休み明けすぐの時期にもかかわらず、ホットティーしかなかった。

メインメニューは、調理部に代々伝わってきたというレシピのパンケーキのみだった。さすがにこちらは調理部の名に懸けて、注文を受けてから焼くというこだわりを売りにしていた。

「結局、あのパンケーキ食べないままだったんですよね。美味しかったのかな」

「あー、陽介が作った方が美味かったよ」

「え。先輩、いつの間に食べたんですか？」

「……あれ、すげぇロん中の水分持ってかれるんだよ。なのに紅茶は別売りでセットメニューなかったじゃん。生徒は事前購入制だってのに、アレはねぇって思ったたな」

話を逸らし、月也はナイフを手にする。陽介は眼鏡のブリッジを押さえると、じっと月也の目元を窺った。

（もしかして先輩、あの件にも絡んでたんじゃ……）

これはきっちりと、当時を思い返す必要がありそうだ。陽介は、運ばれてきた深煎りコーヒーの香りを深く吸い込んだ。

その日は一般開放の前日で、生徒だけの日程だったから、店内――教室の中はまったりとした雰囲気が漂っていた。注文も、事前購入された食券のみで現金の出入りはなかったから、会計に人を割かれることもなかった。

ミスが起きるような、慌ただしさはなかったのだ。

それなのに、接客担当の調理部員がパンケーキの皿をひっくり返した。

「やだなぁ、陽介くん。あの時みたいに見つめても、ぼくからは何も出ませんよ」

「既に口調が嘘じゃないですか」

「さてねぇ……あの時の陽介と言えば、ホールスタッフの調理部員を夢中で見つめてたんだよな。好みの外見だったんだっけ？」

「だから、あの時も言いましたけど。顔の青白さと目の動きが気になったんです。具合でも悪いのかなって、なんとなく注意してただけですから」

ちっともタイプではなかったと改めて訂正して、陽介はパンケーキにナイフを入れる。さっくりとした表面の中は、綿のようにフワフワだった。

高校生が文化祭で出すようなものとは、見ためから違っていた。

あの時――体調不良っぽい調理部の女子生徒は、それでも仕事をこなしていた。その顔色が、一段とひどくなった時がある。文化祭だから気合いを入れたのだろう、毛先をカールさせた女子が、彼氏と二人で来た時だ。

「お前の観察によると、調理部員は巻き毛女子から食券を受け取る時点で、既に手が震えてたんだっけ」

「巻き毛女子って……まあ、いいですけど。よほど緊張していたんでしょうね。一枚取るだけなのに失敗して、机に落っことして。巻き毛女子さんにも心配されてましたから、本当に体調不良だったんだと思います。僕の気にし過ぎというわけでもなく」

「それにもかかわらず、調理部員はスタッフの仕事を続行したわけだ」

「ええ。他者には任せられない事情があるんだなって、感じました。そして、いざ、パンケーキを運んできた時、調理部員さんは皿をひっくり返してしまいます」

調理部員は泣きそうな顔で、せかせかと床に落ちた薄っぺらいパンケーキを回収した。失敗なんて気にしないのよ、と笑う巻き毛女子と調理部員とのやり取りを見ていて分かったのは、彼女もまた調理部で、既に引退した先輩だったということだ。彼氏の方はどうやら、巻き毛女子に付き合わされただけのようだった。

「調理部員さんは、落ちたパンケーキを片付けに教室を出たわけですが……廊下に出る瞬間、すごくホッとしたように笑ったんですよね。だから、つい」

「陽介まで飛び出していった、と。取り残された俺は、ひとりぼっちで紅茶をすする羽目になりましたとさ」

「その点は、すみませんでした」

「まあ、いつも通りの『日下』くんだなぁって思いましたけどねぇ」

メープルシロップがたっぷりと染み込んだパンケーキを頬張り、月也はニヤリと笑う。

少しだけシロップを足していた陽介は、むぅ、と口を尖らせた。

「一緒に来てくれないのも、いつもの先輩って感じでしたよね。まあ、来れるわけなかったんですよね。裏で糸を引いていたのが先輩だったわけですから」

「濡れ衣じゃねぇかなぁ？」

「どうですかね」

月也の関与を想定していなかったあの時、陽介が導いたロジックは「引退した先輩にパンケーキを食べさせるわけにはいかなかった」だった。そのために、わざと皿を落としたのだ。学生分は事前に食券で管理されている。余分な材料がないことは、元調理部員として彼女も分かっていたはずだ。

「問題は動機でしたが……食べられては困る、というのがほとんど答えだったんです。後輩たちは、これまで受け継がれてきたレシピに不満を持っていた。伝統よりも、今らしい美味しさを求めてレシピを変えたんです」

「ああ。文化祭の度にもめてたって話だったな。皿を落とされてまで食わせてもらえなかった先輩部員は、いわゆる保守派で、新しいレシピにキレることは想像できていたんだ」

「なんで知ってるんですか」

「んー……俺なりの情報網？」

疑念を込めて陽介は月也を睨む。へら、と笑ってみせられても腹立たしいだけだった。

「まあ、先輩のプランだとすると、なんか杜撰（ずさん）な印象でもあるんですよね。翌日の一般開放日に、現金購入されたらバレてしまったんですから。幸い、僕の耳にはトラブルの話は聞こえてきませんでしたけど……あの静けさこそが、月也先輩のトリックだったたってことですか？」

白々しく首をかしげ、月也はパンケーキを一口大に切る。満足そうに頬張って、香り高いアールグレイのカップを手にした。

「俺はただ、陽介と約束した文化祭を守っただけだよ。そのために、煩わしいノイズを除去しただけ。まあ『代々』が嫌いだったって私怨はあったかもな」

実際美味しくなかったし、と月也は紅茶をすすった。

「調理部に頼まれたのは、シンプルに試食だけだったんだ。家柄的に、俺の舌は肥えてるって思われてたみたいでさ」

「……」

議員の息子だから、有力者の家だから……一面しか知らない人たちは、月也にレッテルを貼る。そういったものを受け流すために、月也は本当の自分である「俺」を隠して、偽りの「ぼく」として接していた。

「パンケーキなんて、陽介が作ってくれるまで食ったことなかったのにな。そんなこと、誰も想像できねぇよな」

「ええ……」

だから、彼は最初に言ったのだ。陽介の方が美味かった、と。パンケーキなら喫茶店の方が美味いというのに、月也はどこか外で口にしたこともなかったのだ。

「試食ついでに色々聞かされはしたけど、事件は本当に、調理部の連中が勝手に起こしたものだったんだ。でも、あれじゃあ保守派の先輩を追い詰めることもできない、なんでもねぇ事故でしかなかった。そこに日下が入って事件化したから、まあ、俺もちょっかい出してみようかなって」

薄暗く笑い、月也はティーカップを置く。テーブルの隅に置いてあった加熱式タバコを手に取り、ひゅるり、と煙を飛ばした。

「巻き毛女子を日下くんの推理ショーまでご案内して、そっと囁いてやったんだ。伝統に固執する先輩が追い詰めた結果ですよって。犯罪は、起こせる環境が整った時に起きるんですよ……なんてねぇ」

悪魔の囁きを可視化したように、タバコの煙が室内灯のオレンジにきらめく。陽介は眉を寄せ、パンケーキのふかふかの断面を見つめた。

だから、一般開放日に彼女は騒がなかったのだ。もはやパンケーキの味などどうでもよく、自身が罪のきっかけになったことを思い悩んでいたのだろう。

「先輩は……」

なんと言ってやりたいのか、上手く言葉にならなかった。甘いランチの気分ではなかったのに、今では、メープルシロップの甘さが救いのように感じられた。

月也はもう一息煙を吐き出すと、今朝のように、陽介の額を指先で弾いた。

「なんで！」

「過去に落ち込まれても困るんだよ。誰のせいで、俺の犯罪環境が滅茶苦茶になったと思ってんだよ」

「……僕？」

「だろうが」

大きく息を吐き出して、月也は加熱式タバコをオフにする。メープルシロップの小瓶をつかみ、追いシロップをかけ始めた。

「でも。見つけてくれてよかったって思ってるから」

「先輩……」

「放火魔の夏があってよかったよ」

「……シロップかけ過ぎじゃないですか。生地に失礼なレベルですよ」

「お前なぁ！」

月也は叩きつけるように小瓶を置く。顔が赤いのは、恥ずかしさのためだろう。陽介はクスクスとからかって、コーヒーカップを両手でつかんだ。

「先輩の今の顔、僕、いいなって思います」

左右非対称に歪んでも、三日月のように冷ややかでもないから。前髪は変わらず重たいままで、瞳には時折暗さが宿るけれど、以前よりも見ていることが楽しい。

この変化を、守りたいと思う。

そのためには、もしかしたら、空っぽの地平線の方が都合がいいのかもしれない。自分のことなど、もう何も考えないで。夢だとか、好きだとかにこだわらないで。月也の幸福を基準点にしてしまうのだ。

彼のためだけに存在して。

今、この瞬間の幸せだけを見る。

量子論の父ボーアを主流とした、コペンハーゲン解釈のように。観測するまで世界が決まらないのなら、「今」しかないとするならば……。

（「考えない時間」だっけ）

月也が言っていたことだ。人は理由を求め、極端になる。だから「考えない時間」が必要だ。陽だまりの中の言葉は、とても優しかった。

「先輩」

「ん？」

「なんでもありません」

微笑んで、陽介は深煎りコーヒーを口にする。

苦みが増していた。

＊逆転［ぎゃくてん］情勢が反対の方向へ転ずること

第2話

火曜日。こたつとソファの隙間に座り、陽介はノートパソコンを起ち上げる。横沢に向かって「おれはもういない」と言ったというのに、リアルタイムの同期型授業に参加しようとしているのだからおかしかった。

休学願いの保証人欄を、どうしても埋められないために。気持ちに区切りがつかず、まだ休んでいないからと、もったいなさを感じて接続してしまっている。

（一言、先輩にお願いすればいいだけなのに……）

言い出せないまま、今日は十一月十日だ。日常的に親殺しの完全犯罪を考え、祭りの夜には示談金詐欺を犯した彼が、保証人を捏造する程度のことでためらうはずもない。頼めない理由などないはずだった。

（なんだかなぁ……）

ため息をこぼし、陽介はオンライン授業参加者リストを覗いてみる。横沢の名前を見つけ、少しだけホッとした。彼女はもう、大丈夫なのだろう。

では、自分は……リストを閉じ、陽介は睫毛を伏せる。

休学願いはずっと、クジラのエコバッグに仕舞われたままだ。カラーボックスの上に無造作に置きっ放しになっていて、持ち帰った時からふれてすらいない。

理由はなかった。

なんとなく億劫で、エネルギーが不足している。書類をもらってきたことに満足して、そこから先に進めずにいるような、気怠さだけがあった。

(風邪、まだ治ってないのかな)

先生の接続を待ち続けるモニターを見つめ、陽介は頬杖をついた。

奇妙な気怠さは、あの日の朝から続いている。月也が念のためにと、バイト先のPCR検査センターから抗原検査キットをもらってきてくれたおかげで、新型感染症が原因ではないことだけははっきりしていた。

「……って、先生遅くない?」

思わず呟いて、パソコンの隅に目を向ける。開始予定の十時から、既に十五分が過ぎていた。対面授業の頃なら、休講と判断していいタイミングだ。

案の定、オンライン授業も終了される。

直後、メールで「体調不良により休講」と送られてきた。

(感染広がってるもんな)

官房長官が昨日、感染拡大の兆しと発表し、専門家に評価を求めただけのことはある。北海道では一日の感染者数が二百人に達し、これまでに最も多い人数となったほどだ。身近なところで感染者が出たとしても、もう、驚いている場合ではないのだろう。

着実に、新型感染症は広まっている。

人間も、ただ黙っているわけではない。

（……やっぱり、レポート出るんだ）

体調不良の原因がなんであれ、休講でお終いにはならないようだ。後期日程で行われている家庭科教育用の講義内容「色と生活」に関連付けて、来週までに三千字程度のレポート提出が求められた。

（テーマ探しからかぁ）

面倒くさいと、陽介はソファに寄り掛かって背を反らす。

こういう時、以前ならその場で同期と話ができたけれど、今はSNSのグループを見にいかなければならない。そのひと手間と、文字で見るガールズトークの敷居の高さに、陽介は家庭科専攻グループに近付く勇気を持てないでいる。

必然的に、一人で考えなければならない——と思ったところで立ち上がった。

「先輩」

部屋の三分の一は占めるような臙脂色のソファを邪魔に思いつつ、月也の部屋のふすまを開ける。小春日和の日差しを受けるパソコンデスクで、キーボードの上に白い指を躍らせていた彼は、エンターキーを押すと顔を向けた。

「講義中じゃねぇの？」

「休講になったんですけど。レポートが」

言いかけて、陽介は眉を寄せた。レポートの相談をするくらいなら、休学願いの保証人役を頼むべきだったのではないか。気付いた時には遅かった。

「家庭科のレポートに俺が役立つとは思わねぇけど」

マウスを動かしデータを保存すると、月也はパソコンデスクを離れる。作業を止めてしまった以上、今回のレポートは真面目にやろうと、陽介はまずキッチンに向かった。

やかんをコンロにかける。

日差しのないキッチンは、小春日和でも冷えている。スリッパのない爪先に、随分と寒さを感じるようになってきた。去年も同じことを思って、買わなければと思うだけで一年が過ぎてしまっていた。

月也もまた足元を寒そうにしながら、いつものように冷蔵庫に寄り掛かった。

「どの段階で困ってんの？」

「テーマです。講義内容が『色と生活』なんですけど、あまりにも広く考えられるので」

「的を絞れないわけだ」

頷いて、陽介はインスタントコーヒーを開ける。調理台に用意しておいた、白と黒のマグカップに、スプーン一杯ずつ入れた。砂糖とクリーミングパウダーは、月也用の白いカップにだけたっぷりと入れておく。

「不勉強の俺からすると、講義内容と家庭科の関連からして分かんねぇんだけど。家庭科って、料理作らされたり、ナップザック縫わされたりするやつじゃねぇの？」

「すごい偏見ですね！」

やかんを手に、陽介は思わず月也を振り返る。月也は長い前髪の先をつまむと、そうだろ、と記憶を辿るように視線をさまよわせた。

「まあ、高校までの授業内容じゃあ、そう思われても仕方ないですけど……」

授業日数も多いとは言えない副教科だ。受験科目となることもないから、軽視されがちとも言える。他の教科、音楽や美術のような芸術性もなく、保健体育のような運動性もない。中学では家庭科とセット扱いの技術は、工学として捉えれば、より技能的に感じられる。

一方の家庭科は――

「衣食住から分かるように、生きるための科目なんですよ。その拠点となる『家』『家庭』に対する解像度を上げることで、自分の基盤をしっかりとさせて。そこから、社会や経済活動へと視野を広げていくんです。人間の在り方、日常の全てが家庭科といっても過言じゃありません」

分かりましたか、と陽介は白いマグカップを差し出す。前髪をつまんだまま受け取った月也は、普段は隠れがちな目をきらめかせ、したり顔で笑った。

「日下陽介みたいな科目なんだな」

「………」

「まあ、イメージはできたけど。それで結局、なんで『色』が関係してくんの？　可視光領域……むしろ紫外線、UVクラフトみたいなハンドメイドなら家庭科的とか？」

「それなら難しくないんですけどね」

月也の光る視線から目を背け、陽介は黒いマグカップを両手でつかむ。こたつに潜ることも考えたけれど、風欲しさにベランダに向かった。

この講義の本質は、重くややこしい。

小春日和のぬくもりと、十一月の乾いた風は、気分転換にちょうどよかった。

「例えば、紫には、高貴とか神秘性とかがあるでしょう」

春先の緊急事態宣言の暇潰しにセットされたアイアンチェアに座り、陽介はコーヒーの水面を見つめた。切り出した話題に察した様子で、月也は加熱式タバコをつかんだ。

「紅白ならめでたいこと。白と黒、灰色の組み合わせなら不幸事。青系は冷静沈着で、赤系は情熱的、黄色やオレンジは元気そうで、緑には安らぎが……生活に溢れている『色』は、それだけで既にメッセージ性がありますよね」

「ああ。裁判官や書記官の黒衣には、何ものにも染まらないって意味があるだとかな」

「ええ。白衣は、機能性によるものでしたっけ」

「化学なんかは特にそうだな、色の変化に敏感だから。生物系になると、体液の付着に気付きやすくするとか。だから基本、薬品やナマモノを扱わない物理学は白衣なんて着ないんだよな」

「でも、そんな物理も含めて、白衣は科学者のイメージです」

医者もあるけれど、と添えて、陽介はコーヒーをすする。手術着の緑や青は、赤――血液の色の補色に由来するという話は有名だ。

「色の組み合わせも、メッセージを含みます。三色の縞模様に特定のコンビニを思い浮かべたり、もっとグローバルに考えれば『国旗』の配色ですね」

国旗、と唇の動きだけで繰り返して、月也は煙を吐いた。この辺りから少しずつ、一筋縄ではいかない「色」の正体が見えてくる。

「これは実際、今日の講義を行う予定だった先生のエピソードなんですけど。シンポジウムの資料作成を依頼した時に、表紙の赤の出力でトラブルになったそうです」

先生は丁寧に、実際の印刷見本を三枚並べて見せてくれた。オンライン授業でなかったら、赤みの違いをはっきりと感じられたのかもしれない。残念ながら、陽介のノートパソコンでは、表示に限界があった。

「僕の目には、誤差程度にしか感じられませんでしたが……あ。先生の紹介ページにも載せてるって言ってたんですよ。相当、根に持ってるみたいですね」

陽介は蜘蛛の巣のヒビを残したままのスマホを操作し、大学サイトに接続する。家庭科教育専攻の職員一覧から、該当教員の紹介ページに進んだ。

実物よりも若い顔写真と役職、研究内容、実績のあと、つらつらとメッセージが書かれている。その途中に、問題の写真はあった。

白地を基調として、背表紙側に大きな半円が描かれているデザイン。赤く塗りつぶされた半円の色味に問題があったとして、丁寧に三枚重ねられている。

「スマホだと、いくらか分かりやすいですね。光のせいかな……先輩はどうです?」

「んー、右から紅色、朱色、茜色ってとこじゃね?」

「よく分かりますね」

「化学実験の単位も取ったことあるから。お前も中和滴定実験やってみればいいよ。一滴に地獄見るからな」

その当時を思い出したらしく、月也の眉間に深いしわが刻まれる。「理教の友人が言ってた気がします」と同意だけ示して、陽介はスマホをアイアンテーブルの真ん中に置いた。

「最初の出力が紅色だったそうですが、先生の研究室に所属していた留学生に指摘されたそうです。このデザインで紅色では日本的すぎる、と」

「あー……言われてみりゃ日の丸っぽいな」

「ええ。先生としては団らんのイメージ、暖かく囲い合うもの、というデザインだったようで、朱色を考えていたみたいなんですけど。色合いひとつで疑問を抱く人もいるという教訓になったと、講義のたびに伝えているそうです」

なるほどねぇ、と頷いて月也はタバコを置く。空いた手で白いマグカップをつかんで、懐かしそうに眺めた。

「これが白い理由、分かる?」

「え……白衣と同じですか?」

「エクセレント。液体の色が分かりやすいと思って、なんとなくな。毒物と飲料の組み合わせによる変化でも見てやろうなんて考えてた時期もあったんだよ」

「ひどい時期ですね」

「今はもう、ただのマグカップだって」

それは、家事担当としてよく分かっている。白は茶渋が目立つから、月也のコップを目安にして、自分のものを一緒にメラミンスポンジで磨いていた。

「僕は、先輩の反対の色にしただけです。おかげで、僕なら選ばない色になりました」

白と黒のマグカップもまた、相互作用の形だったのだ。一つが決まり、もう一つが変わる。今起きている変化は、コップのように些細なものではないけれど……目を背けて、陽介は空を見る。初冬の空は、湿度が低い分、青が鮮やかだった。

イメージほどに、安らかに落ち着くことはできなかった。

「色の話ですが、特にジェンダーなんかは厄介で……僕らが小学生になる頃には変わっていましたけど、昔はランドセルと言えば女児は赤、男児は黒と決まっていました。今でこそ、女の子に人気の色は水色と藤色で、プリンセスのカラーなんかもそうですけどね」

「そういやあ、海外アニメのお姫さまって、ピンクのドレスってイメージはねぇな。むしろ最初から水色だった気がするけど……」

語尾をぼんやりとコーヒーの中に消し、月也は首を捻る。客観的データがないために自信を持てないのだろう。陽介は、そうですね、と尊重するように頷いてブラックコーヒーで唇を湿らせた。

「そもそも、女の子だからお姫様、ということすら決めつけになるとも言えるので、最近では扱いが悩ましいですね。過去の事実として考えるなら、実際のお姫様は、どんな色でも着こなしていると言えると思います。葬儀の場に大胆不敵な赤色とか、露出の激しいドレスとかのようなことをせず、ＴＰＯさえしっかりしていれば、本当は何色でもいいのでしょう。そこに、イメージを作り出すのは、本人の戦略か第三者の勝手な解釈かは分かりませんが」

ともあれ、日本では女性に赤・ピンク系統が、男性に黒・青系統が使われることが多かった。日常的に目にする場所では、公衆トイレや浴場の暖簾などもそうだ。文字やシンボルマークを認識するよりも先に、色で判断している場合もある。

もし入口に配された色が、男性用が赤色に、女性用が青色になっていたら、瞬時に判断できるだろうか。日常的に身に付いた「色」に惑わされる可能性は否定できない。

「刷り込みというのは本当に厄介な話で……ランドセルも、カラーバリエーションが増えた初期の頃には、いじめ問題に発展すると騒いだ方もいたようです。赤が女の子、黒が男の子、そのイメージが強すぎたのでしょう。結果は時代が教えてくれています」

男児には変わらず、黒が人気のようではある。けれどそこに「男らしさ」を見ているわけではない。凝った刺繍がされていたり、赤や金のパイピングが施されていたり、ただの黒ではなくお洒落なものだ。

「子どもには先入観なんてなかった、って話だな」

「ええ。そもそも戦隊ヒーローと言えばレッドが主役なんですから、男の子は赤をカッコイイって思ってるんです。消防車だって、新幹線だって。女の子っぽいからオカシイっていうのは、大人が植え付けてしまうイメージで……」

陽介は短く息を吐いた。

子どもは本当にまっさらだ。善も悪もない。きれいも汚いもない。そこに「環境」が書き込んでいくことで「個」ができていく。

最初の環境となるのが「家」だ。

月也の家庭環境が、彼を死にたがりの犯罪者思考にしたように。

陽介の家庭環境が、特別への執着を生んだように……。

「僕、本当は赤いランドセルが欲しかったんです。特別に乗せてもらった消防車がかっこよくって、赤色が大好きだったので……でも、祖父が勝手に黒にしちゃったんです。妹は希望通り、水色を買ってもらってたんだよなぁ」

あの時以来、なんとなく赤色への興味も失ってしまった。図工や家庭科の教材を選ぶ時も、「らしさ」で区分けされているままに、謎のドラゴンを選んでいたりした。

「先輩はランドセル、何色でした？」

「茶色。いつも通り見栄っ張りの親父が、どっかのブランド品買ってきてさ。これ見よがしにロゴマークが型押しされてて、ムカついたから消してやろうってアレコレやってたら燃えちゃって」

「……先輩らしいですけど。何やってんですか」

「だってマジ、ダサかったから。当然ながら、殴る蹴るの暴行を受けましたねぇ。最終的に量販店の売れ残りになってさ。軽さと機能性重視になったから、逆によかったかもしれんねぇ」

　ケラケラと月也は笑う。まったく反省の色のない横顔に、陽介はある種の「強さ」を感じた。同時に「弱さ」であることも分かるのは、彼が育った家庭が作り出した歪みを知っているからだろう。

「しかしまあ、陽介もよく喋るよな」

　笑いながら月也は、新しいタバコをセットした。

「ま、自分のテリトリーとなれば饒舌になるのは、オタクあるあるだからな。それだけ語れるならレポートも余裕だろ」

「……もしかして、誘導しました？」

「まっさかぁ！」

　胡散臭く瞬いて、月也はひゅるりと煙を飛ばす。わざとらしく、陽介に吹き掛けるようにして。陽介はふうっと吹き返しつつ、手でも拡散させた。

「一応、ありがとうって言っておきます」

「どういたしまして。感謝してくれんなら、昼飯、ちょっと早めにできる？　バイト時間三十分繰り上がったんだよ」

「えぇぇ……」

「俺が悪いんじゃないし。官房長官のせいだし」

「随分大袈裟な原因ですね！」

「報道があると検査数増えるんだよ」

あー、と陽介は納得して立ち上がる。感染拡大などと報じられたら、少しの体調不良でも不安になるのだろう。ＰＣＲ検査センターが賑わうのも無理はなかった。

早足でキッチンに向かい、陽介は冷蔵庫を覗き込んだ。

「えっと……焼うどんでいいですか？」

本当はミートソースから、スパゲッティを作るつもりでいたけれど。月也の出発時間を考えると、悠長にみじん切りをしていられない。フードチョッパーがあれば、と悔やんだ。

「即座にメニューを考えられんのも、家庭科の力なんだろうな」

「ただの慣れですよ。誰かさんの分も家事をこなしてますから」

「そうだな。だから……俺は見てきてるから。陽介に向いてると思うよ、家庭科の先生」

「……………」

聞こえなかったことにして、陽介はまな板の上に玉ねぎを置いた。

（意地悪だな、先輩）

休学願いに気付いているだろうに、そんな言葉をかけてくるのだから。陽介は軽く唇を噛む。どうしようもないこともあるのだから、考えるな、と玉ねぎに包丁を入れた。

チクリ、と心が痛んだ。

空っぽの地平線しかないはずなのに、泣きたくなった。

（硫化アリルのせいだから）

全部玉ねぎのせいにして、手早く焼うどんを作り上げた。


早めの昼を片付けると、陽介は自分のためだけに紅茶を淹れた。こたつとソファの間に潜り込み、ノートパソコンを開く。レポートのテーマはランドセルと決めたけれど、白紙の上を点滅するカーソルを見つめることしかできなかった。

（月也先輩のせいだから……）

集中できないのは、月也のせいだ。「生きてほしい」という願いが刈り取られて、まっさらになった心の大地に、水を与えてしまったから。

ぽつん、と芽吹いてしまった。

――家庭科教員。

先生など向いていなくてよかった。田舎の長男が家庭科なんてオカシイと、家や土地が思っているイメージのままの、どうでもいいものでよかった。

本心からなりたかったわけではないと、諦めてしまえればよかった。

種のまま忘れてしまって、腐ってくれれば悩まずに済んだ。途方もない地平線しかないのだと、空っぽを受け入れていられた。

それなのに……乾き切っていたのに、月也が水を与えてしまった。

「ひどいな、先輩は」

陽介はソファにそって背を反らす。室内灯に右手をかざした。手のひらをこちらに向ければ、親指の付け根の傷がよく見えた。

芽は、育てなければ死ぬだろう。

摘み取って、殺すこともできるだろう。

「僕は……」

惑って目を閉じる。カタカタと、窓を揺らす音が聞こえた。風が出てきたようだ。天板に響くバイブレーションに目を開けた。

着信ランプの色に、理系探偵への依頼が入ったのだと分かった。

【ニックネーム　あたまさん】
彼女をびっくりさせる誕生日プレゼントの渡し方を教えてください！

スマホを見つめ、陽介はぽかんと瞬きすら忘れた。

(事件じゃなくない？)

内容文が短すぎて事情を読み切れない依頼は、これまでもあった。国語科の准教授が講義中に語っていた自論によれば、ＳＮＳの普及により短い文に慣れてしまったため、長文の作成を苦手としている若者もいる……ということだ。

だから、短すぎるのは仕方がない。

水平思考問題のように、やり取りを重ねていく中で全容を把握し、解決に導いていけばいい。しかしながら、ここまで事件性を感じない場合は、探偵に対する依頼としてどうなのだろうか。

（何でも屋だと思われてる？）

首をかしげかけて、陽介は思い出した。先月、月也が理系探偵の紹介文を書き換えたのだ。あれによれば、起こった不可思議を解き明かすだけでなく、何かを起こす意味合いの依頼も引き受けることになっていた。

【犯罪プランナー用の依頼ですよー】

わざと茶化して、依頼文を転送する。どういうバイト環境なのか、タイミングがよかったのか、月也からの反応はすぐにあった。

【雑な性格の右利きっぽい奴だな】

【は？】

【まあ、こっちから回答しとく】

【アプリダウンロードしてないのに？】

【ブラウザ版からもできんだろ】

それきり、スマホは静かになった。

すぐさま陽介は、それこそ右手で操作して、理系探偵を登録しているスキル販売サイトのアプリに戻る。依頼文を睨んだ。

（どういうプロファイリングですか、先輩）

どれだけ読み直しても、右利きも雑な性格も感じ取れない。天と地ほども違う脳味噌のデキに落ち込んで、陽介は再び天井を見つめた。

（やっぱり、先輩が先生になった方がいいんだよなぁ）

科学の徒として培った観察眼も、論理的思考も、きっと子どもの役に立つ。理科を主とした豊富な雑学も、知的好奇心を刺激して、新しい道を拓くだろう。

（なんたって僕は、一番目の生徒ですから）

あの、放火魔の夏の日から。

ずっと、魅了されている――

（本当はちょっとだけ羨ましかったんだよな）

傷付くのも傷付けるのも嫌だと告げた。堕ちてほしくないと願った。あなたを見つけたと「名探偵」を気取ったりもした。

けれど、素直に火を放てる潔さは、羨ましかった。

ペットボトルを利用した収斂（しゅうれん）火災を考えて、時限式にして、五件もの犯行を成し得た手腕は見事だった。

（事件そのものの隠蔽まではできてないけど、あれも「完全犯罪」だもんな）

少なくとも、出火原因を特定させはしなかった。

容疑者として、リストアップされることもなかった。

（エレガントな夏だったな）

陽介個人としては、消防団員である父を振り回してくれたことがよかった。火の手が上がる度に駆り出されて、消火活動を手伝っていた父は、大事な町の平穏を脅かす放火魔の存在をどう思っていただろうか。

まさか、桂のご子息が犯人だなどとは、夢にも思っていなかっただろう。

少しでも疑念があったなら、陽介に探りを入れたはずだ。あの夏はずっと、科学部として二人で一緒に過ごしていたのだから。

（どうせ「僕」なんて見えてない人だもんな……）

陽介が——息子が見えていない人だった。

実の子だろうと特別扱いしないで、「町」という大局ばかりを優先していた。そんな父にとって陽介という存在は、町を平穏無事に存続させる相談役「日下」としての、次世代のパーツでしかないのだろう。

だから、家庭科教員などオカシイと言えたのだ。

だから、町の中で学費を調達してみせろと言えたのだ。

（「日下」のくせに、一番近くの存在を救えてないじゃん）

陽介はまた、右手を持ち上げる。草刈ガマの傷痕を睨んだ。鬱になるような失敗でも、子どもが怪我を負ったら、心配して駆け寄るものではないだろうか。

嘘でもよかった。

大丈夫、と手を差し伸べてくれていたなら——

「あー……」

陽介はきつく右手を握りしめる。脱力するように下ろすと同時に目を閉じた。

差し伸べてもらえない痛みを知っている。寂しさを知っている。だから陽介は手を伸ばす。同じ痛みを知る人に。

(先輩……)

守りたいと思う。「生きる」と言ってくれた彼の、完全犯罪ではない目標を。そのための足枷が金銭でしかないというのなら。

(僕が諦めればいいだけなんだから……)

芽を踏みつけて潰してしまっても、空っぽには別のものが満ちるだろう。自己犠牲だと蔑まれるような幸福だとしても。

——陽介に向いてると思うよ、家庭科の先生。

困るのは、芽吹かせたのもまた、桂月也だということだ。死にたがりだった彼がくれた命のような可能性を、この手で殺してしまってもいいのだろうか。

(本当、言葉にし過ぎると分からなくなるな)

あえて考えないために、陽介は体を起こす。ノートパソコンに向き直り、真面目にレポート作成を始めることにした。

「レポートがパウンドケーキになるってのが陽介らしいな」

「だって、今日のお菓子がないって気付いたら落ち着かなくって……」

二十二時過ぎ。バイトからの帰宅に合わせて遅くなった夕飯を片付けた陽介は、月也の前にミルクティーを置く。こたつから手を出して、月也は早速一口飲んだ。

向かいに座って、陽介はぼんやりと思った。

もう、夜のベランダの季節ではない。当たり前になった新しい日常が、こたつの出現でもとに戻ってしまったようだ。裏付けるように、テレビからアナウンサーが告げる。

『……ワクチンは、九十パーセントを超える予防効果が――』

こたつの真ん中に置いた木の皿からケーキを取り、陽介はじっとテロップを見つめた。

「なんか本当、加速度的って感じですよね」

ワクチンについて報道されるようになって、さほど経っていない印象だ。それなのにもう、効果が九割以上も認められている。緊急事態宣言、ステイホーム、ソーシャル・ディスタンス……新型感染症がもたらした言葉たちも、ワクチンが当たり前になったアフターの世界では、過去のものになっているのかもしれない。

「やっぱすごいな、科学者って」

「そりゃあ、巨人の肩に乗ってるからな」

巨人？　と陽介は首をかしげる。ファンタジーが紛れ込んできたような、違和感があった。月也は頷くと、ティッシュを敷いてからパウンドケーキをつまんだ。

「万有引力でお馴染みのニュートンに関する逸話だな。自分が偉大な発見をできたのは、巨人の肩に乗っていたから云々って、それまでの科学を讃えたんだ。連綿と続く知のリレーがあって今の科学がある。ワクチン開発も同じ、昨日今日の知識で作られてるわけじゃねぇんだよ」

「そうですね。ずっと続いてきたから……」

どうしても「日下」がよぎった。

父の前には祖父がいて、祖父の前には曽祖父がいた。そのずっと前にも、苔むした墓に眠っていた彼らがつないできた「血」と「地」と、そして彼らの経験によってもたらされた「知」がある。

その末端にいる者として、陽介は右手を見つめた。

「知の巨人の姿が、本ってわけで」

するりと耳に入ってきた月也の声が優しくて、陽介は顔を上げた。重い前髪の下で微笑んだ彼は、そっとミルクティーをすすった。

「俺が持ってる本は教授たちからのお下がりで、情報としては古くなったもんも多いんだけどさ。考え方そのものは色褪せないんだよ。どうしても、俺には俺って思考の癖があるから、知の巨人の文献にふれることで違う癖を知るっていうかさ」

視野が広がったり、発想の転換が起こるのが楽しい、と月也は瞳をきらめかせる。

「相対性理論なんて驚かない方が無理じゃん。それまで絶対だと思われていた『時間』ですら、観測者によって変わる相対的なものでしかないなんてさ。その時点で世界の捉え方はひっくり返ってんのに、アインシュタインの光速度不変に対するこだわりが生んだ理論だって永遠じゃなくって、量子論の時代には光速度すら超えることになって……ホント、観測ってエレガントだよな。世界を変えちまうんだから」

目の輝きに合わせるように、月也は饒舌になる。彼が一番、生き生きとする瞬間だ。陽介はパウンドケーキの甘さと一緒に、月也の語りを楽しむ。

「実験技術なんか特にそうでさ。測定の限界って要するに観測の限界じゃん。そのせいで見えなかった世界があったりもして……例えばディラックなんかは、一九二〇年代に電子の反粒子、陽電子の存在を予言したけど、そんなものはどこにもないって感じで受け入れてもらえなかったんだ。でも、一九三二年にアンダーソンが、宇宙線による反応の中に見つけてくれたから正しいってことになって。反陽子なんかは、加速器のおかげで実験的に確認されたし。そういうことの積み重ねでこの世界は、今までの『物質だけの世界』から『反物質もある世界』に変わったんだ」

すげぇだろ、と月也はパウンドケーキをかじる。陽介は微笑んで、黒いマグカップを口に運びかけた。今朝の話を思い出し、微かな痛みを感じて手を止めた。

陽介のマグカップが黒いのは、月也の白を観測した結果だ。

同じ色にしておけばまだ、統一感があったかもしれない。それよりも、パッと見て区別できる機能性を優先したために、不揃いでまとまりのない感じになってしまった。

百円ショップの安物だから、買い替えてもいいかな、と一緒に暮らし始めた頃は考えたこともあった。気に入らないという感情は、月也との時間の中で、これがいいんだと思うほどに変わっていった。

「俺が、自分が生きる世界に変えられたのだって、陽介の観測のせいだし」

「僕の……」

「ああ。陽介がいなかったら、俺はずっと自分の癖の中でしか観測できてなかったから。人間原理主義だけど、宇宙が人間に観測されるべくして存在しているってんなら、人って最高の観測装置じゃん。そんな人の観測が世界を作り出して、相互作用して、パラメータを変えて、新しい世界を作り出す。しかも人は一人じゃない。何億って数の観測装置が中央集権的なルールもなく、それぞれに行動し関わり合っている。それが宇宙を創発しているとしたら、また、エレガントに世界の見方が変わるよなぁ」

うっとりと、月也はミルクティーを口にする。どうも彼の熱量がおかしい。こういう時に決まって起きていることを確かめるために、陽介は止めていた手を動かし、パウンドケーキに奪われた水分を補った。

「先輩。今度はどんな本、読んでるんですか？」

「認知科学系。哲学者アンディ・クラークの本なんだけど、マジ面白くって。ちょうど理系探偵の依頼にも使えそうだったから、ノリノリで回答してやったんだけど」

どうりで、と陽介は眉を寄せる。頭脳労働を好むのが桂月也だから、理系探偵の仕事を拒否することはないけれど。依頼人を相手したり、回答文を考えたりすることは面倒がっている。

そんな月也が、今回の依頼は素直に回答すると告げていた。

「サプライズ・プレゼントって話でしたよね。一体どんな回答したんですか」

「視覚のサッケードを利用しましょう」

「いきなりそんな、日常で聞いたこともないような専門用語かましたんですか。子ども電話相談くらいのノリでって、始めの頃に言いましたよね、僕」

「ちゃんと説明も添えたって」

口を尖らせ、月也は二つ目のパウンドケーキをつまんだ。

「視覚のサッケードってのは、まあ、目の中心をさっと新しい目標に向けることとって考えとけばいい。そいつを利用すると、人を騙すことができんだよ。実験からも分かってんだけど、サッケードの間の変化は気付かれないんだ」

だから、と月也はケーキをかじる。ぽろぽろと、小さな欠片がティッシュペーパーの上に落ちた。

「彼女の目を逸らして、その隙にプレゼントを出現させれば、突然現れたように見えるだろうって」

「それ、単にマジシャンのテクニックじゃないですか」

「あ……」

気恥ずかしそうに、月也は視線をさまよわせる。認知科学の本に夢中になるあまり、より一般に浸透している例え方に考えが及ばなかったらしい。

陽介はクスクスとからかうと、誰にも注目されていないテレビを消した。

「助手がいないと駄目みたいですね、理系探偵？」

口にした言葉は、少しだけ陽介自身を傷付ける。

休学を選んだら、さすがにバイトを見つけなければならない。微々たる理系探偵の収入と、月也のバイト代に頼ってばかりでは気まずすぎる。学業がない以上、フルで働くことになるだろうから、理系探偵は徐々に依頼をこなせなくなり、休業に変わっていくのだろう。

陽介が教免を諦めなければ、四年で卒業した月也の方が仕事量を増やすだろう。PCR検査センターはいつでも人手を欲している。フルタイムで働けるとなれば、社員登用もあるかもしれない。

（そっか。先輩、就活しないといけないのか）

ずっと「桂」を継ぐと思っていた。完全犯罪のチャンスを狙うためという、薄暗い理由と、血筋による強制で、好むと好まざるとに関わらず。

けれど、状況が変わってしまった。

月也はもう「桂」を継ぐことだけはできない。正しい血を持つきょうだいの出現によって、その立場は失われた。

（先輩が今、興味を持ってる仕事って……）

ゆらめくだけだった思考が、「言葉」によって先鋭化する。考えてしまったために、選択肢が一つになる。芽吹いた可能性を摘み取ろうとしてしまう。

「でもまあ」

月也の声に、陽介は思考を止めた。

「確かに陽介は必要だったよ。ほら、今回の依頼人って雑な性格じゃん。サッケードなんてワケ分かんないことできないから、もっと簡単で手軽な方法にしろって言いやがって」

「……そもそも、雑な右利きって情報はどこにあったんですか」

「え、あたまに」

「頭？」

陽介は、こたつの隅で充電中だったスマホに手を伸ばす。より近くだった月也に手渡されて、依頼文を表示した。

【ニックネーム　あたまさん】

依頼人の名前が「あたま」だった。

「いやいや、まったく分からないんですけど」

「どこがだよ。すげぇ分かりやすいだろ。偉そうな助手のくせに眼鏡曇ってんなぁ」

むぅ、と陽介は口を尖らせる。月也はケラケラと笑うと、一口にしては大きめに残っていたパウンドケーキを、一気に口に放り込んだ。もごもごと、行儀悪く喋る。

「スマホで入力してみろよ」

　言われるままに、陽介は文字入力ができる状態にする。下部に表示されたキーボードを見て、あ、と声がもれた。

「あたま」は左縦一列に並んでいる文字だ。

「まあ、依頼人がスマホから連絡してきたって前提での話だけどな。ニックネームを考えることになった依頼人は、特にこだわりがなかった。テキトーに入力しようとして、動かしやすいように指を動かした結果、『あたま』の三文字を押すことになった」

「あー……」

　だから、右利きなのだ。右側の文字になるほどに、親指が曲がって押しにくくなる。テキトーに、雑に入力するなら、左縦一列の文字が押しやすかった。

「なんか、その、久々に桂月也の頭脳にゾッとしました」

「惚れ直した?」

「ええ……完全犯罪を考えさせちゃいけないなって」

　もし月也の動機が、愛されたい、見てほしい、というものではなく単純な「殺意」だったなら。今頃、桂夫妻はこの世になく、月也も満足して自殺していたかもしれない。

「先輩には、本を与えておかなきゃいけませんね」

「陽介もほしいんだけど」

「え……」

「さっきも言ったじゃん。今回の依頼には陽介も必要だったって。正確には陽介の視点だとか、考え方とか、俺とは違うってことが重要なんだけど。そういう意味じゃ、陽介だって知の巨人なんだよ」

「僕が？」

ニュートンやアインシュタインに並べるはずもない。褒め言葉に捉えることもできず戸惑っていると、月也は大きく頷いた。

「午前中にさ、家庭科の視点で『色』の話してくれたじゃん。あれが役立ったんだよ。雑で器用じゃない依頼人でも、色のギャップを使えば、彼女にサプライズを与えられるんじゃねぇかって」

「色のギャップ……」

プレゼント計画に使えそうとなると、黒の高級感、白の清潔感、などだろうか。ブランド品なら、メーカーがイメージカラーを押し出していることもある。

「分かったかもしれません」

陽介は、度々曇っていると冷やかされる、べっこう色の眼鏡を押し上げた。

「例えばあるアクセサリーブランドは、ターコイズブルーを使用しています。誕生日にその色の箱をもらった時点で、彼女は開ける前からおおよその価値を把握してしまう」

「そう。だからこそ逆に連想されない色、元気や陽気さのイメージが強いビタミンカラーの箱を渡されたら、ブランド物のアクセサリーとは思われ難い。なんなら、健康関連のグッズだと予測してくれるだろう」

「でも、開けてみればあのブランドのペンダントなんかが出てくるんですね。マジシャンほどではないですけど、ギャップに驚いてくれそうです」

「まあ、気になる点もあるけどな」

月也は頬杖をつく。鬱陶しい前髪の下で、きらりと瞳が妖しくきらめいた。どちらかと言えば「負」を帯びた、犯罪者としての一面を見せるように。

「人が『色』という先入観にとらわれているのだとしたら……あの色の箱だから、価値を信じているのであって、それがない場合には最悪ニセモノと思われる可能性もある。それで揉めて別れることになれば、面白いんだけどなぁ」

「ったく。自分が愛されなかったからって、人の不幸を願い過ぎじゃないですか、先輩」

「逆に日下くんは、他人の幸福を願い過ぎじゃないですかね？」

白い指で前髪をよけて、月也はじっと陽介を見据える。まっすぐな眼差しから逃げるようにうつむき、陽介は黒いマグカップを両手で握りしめた。

「僕は……」

ゆっくりと瞬いて、負けるものかと見返した。

「月也先輩にこそ、知の巨人になってもらいたいだけです」

子どもたちに理科を伝え、次の世代へと、未来へと、つなげていく人になってほしい。

先生になってほしい。生き続けてほしい。

　願いは、月也のためにしかない。

　今度は、彼の方が長い睫毛を伏せた。

「なんつーか、悔しいな」

　呟いて、ごそごそと加熱式タバコを取り出す。部屋の中で吸うことをしない月也は、こたつの上に置くだけだった。

「逃げても問題だらけだし、逃げるのやめたって解決するわけじゃねぇし。なんでなんだろうな。単純にまだ子どもだからなのかな」

「……………」

「大人ってなんだろうな」

「……今、僕が思うのは。大人っていうのは、自由にできるお金をどれだけ持っているかなのかなって。結局、生きようとするだけでお金は必要になりますから」

「金も家庭科って感じか」

「ええ。なんたって二〇二二年度からは、高校家庭において、投資も指導内容になりますから。お金について考えることも立派な家庭科教育です」

「陽介は」

　月也は加熱式タバコのスティックをつかむと、ペンのようにくるりと回した。

「好きなんじゃねぇの、家庭科」

「……まさか。僕が好きなのは」

冗談めかして「先輩だけですよ」と言った声は掠れた。

一緒に教免を目指すことが嬉しかったのも、同じという特別感に意味があったのであって、先生になりたかったわけではない。頭の中に浮かぶ言葉は、砂嵐のように乱れてぐちゃぐちゃになった。

——気付かせないで！

嵐から芽を守ろうとする自分が叫んでいる。矛盾した気持ちに、陽介はこめかみが痛んだ。思わずふれると、月也が微かに息を吐いた。

「俺が宇宙に惹かれた理由は話したっけ」

「ええ。あの町の星空に圧倒されたからって。先輩なりの生存本能で……」

「そう。夜に明かりが灯ることが当たり前で、家族揃って飯食ったりして、笑い合えるような家だったら、きっと星ばっかり見て過ごす毎日じゃなかった」

「……」

「死にたいような場所で手に入れたんだ。だから、苦しくなることもある。でも、それ以上に魅力的なんだよ。どうしたって嫌いにはなれないんだ」

こめかみから離した手を、そこに残る傷を陽介は見つめた。横沢の声が聞こえた。

——やっぱ楽しいなって思っちゃって……。

嫌々ながらに来た場所で。殺したいほどに恨めしい場所で。逃げるための口実でしかなかった場所で……見つけてしまった。

見つけてしまったから、苦しい。

素直に受け入れられなくて、戸惑う。

「俺だって、腑に落ちたのは最近のことなんだよ」

月也はタバコの箱も出すと一本つまんだ。セットして、オンにするまでの作業を終えたスティックを、陽介に差し出す。

「陽介が示してくれたんじゃん。子どもの俺――ぼくに。だから、俺にとっても日下陽介は憧れの教師像だよ」

「……最悪の気分です」

ひったくるようにタバコをつかむ。深く吸い込んで、月也に向けて吐き出した。平気な顔で頬杖をつく彼の目は、笑ってはいなかった。宇宙を見る時と同じ観測者の瞳で、じっと何かを探っていた。

陽介はもう一息、タバコを吸う。

頭痛がひどくなって、こたつに突っ伏した。

（ほんと、最悪だ……）

目の前にあるのは一人しか乗れない船だ。希望の地に辿り着けるのも一人だけ。残された者は、やりたいと思えたことに背を向けて生きなければならない。

一度、心を殺さなければならない。

死ぬのに相応しいのは、二人のうちのどちらだ？

＊観測［かんそく］自然現象の推移・変化を観察・測定すること

第3話

六時にアラームが鳴ることは、いつも通りだった。日の出まではまだ二十分ほどあり、カーテンの隙間に見える空が薄暗いのも、冷えていく気温が布団から出る気力を削いでいくのも、いつも通りと言えた。

「……ああ！」

陽介の目を一気に覚ましたのは、スマホにポップアップ表示されたスケジュールだ。目立つように絵文字まで使って入れておいた十九日の予定によれば、午後二時から、附属中学校の生徒とオンライングループ授業を行うことになっている。

（準備してない……）

履修登録をした十月初めから今まで、ほかに考えなければならないことがあり過ぎた。まして、グループ授業のテーマが発表されてからは、休学をどうするかに気を取られていたのだから、講義がなおざりになっても仕方がなかった。

（サボり……）

布団の中で頭を抱え、言い訳に逃げようとしていた陽介は、覚悟を決めて起き上がる。一人で受講しているのなら自主休講にしたっていい。最悪、同じ教育学部の生徒に迷惑をかける程度なら、ジュース一本でどうにかできる。

けれど、今日の授業には中学生も参加する。

（楽しみにしてくれてるとまでは思わないけど）

新型感染症によってアレコレと制限がかかる中、ネットワークを通しても外部の人間と接触できることは、気分に影響しているはずだ。それなのに、陽介が休んだとなったら……こんなご時世だからこそ、感染対策をしていない遊び人だと思われてしまうかもしれない。教育学部生として、その時点でもう非教育的だ。

「大丈夫。幸いラッキーなテーマだから」

なんとかなる、と言い聞かせながら布団を畳む。着替えを済ませると窓に向かった。歪んだ掃き出し窓を開けてベランダに出ると、乾いた空気の中を、馴染み深くなったタバコの煙が漂っていた。

「おはようございます、先輩」

「おはよ。また具合悪ぃの？」

寒くないのか灰色のスウェットだけの姿で、月也は首をかしげる。彼と同じように錆びた落下防止柵に寄り掛かり、陽介は困ったように笑った。

「キッチンに向かわなかったからって邪推しないでください」

「でも、奇声は上げてたじゃん？」

「だったら、その時点で声掛けてくださいよ」

先日は、起き上がれずにいただけで窓ガラスを叩いたような人なのに。悲鳴に対しては無反応なのだから、月也が気持ちを向けるスイッチが分からない。

「悪い夢は扱いが面倒だから……」

ぼそぼそと呟いて、月也はタバコを持たない左手を、左の脇腹に向けた。スウェットの上から撫でるのは、幼い日に義母に突き立てられたナイフの痕だ。

梅雨——紫陽花の季節の出来事だった。

義母は傷痕に、さらに蟲の呪いをかけた。

「まだ、痛みますか？」

「どうかな。今年の梅雨は終わっちまったから」

雨の季節には、陽介も悲鳴を聞いた。同じように声を掛けることはできなくて、黙って寄り添うことしかできなかった。

あれから、数か月。

パンデミックによってもたらされた世界の変化は、月也の世界にも影響を及ぼす。相互作用。否応なく、変わることを求めてくる日常の中で、陽介は右手を握りしめる。

（僕は——）

なんでもないままでいることは、できないのだろうか。ため息に重なるように、

「陽介」

月也が煙を吐いた。

「なんか用があったんじゃねぇの？　お前が朝飯後回しにしてまで話し掛けてくるなんて、相当マズイ状況だろ」

「……そうなんです！」

個人的な悩み事にとらわれている場合ではなかった。陽介は月也の左手を両手でがっしりとつかむと、捨てられた小犬の気持ちでまっすぐに見つめた。

「助けてください！」

「えっと……何を？」

「午後二時までに、僕にＡＩに関する知識を叩き込んでほしいんです。中学生にレクチャーできるレベルで！」

月也は長い前髪の下でパチパチと瞬く。右手に握っていた加熱式タバコをオフにして、うまく呑み込めていないように首を捻った。

「ＡＩならこの前話したじゃん。ほら、お前の友人の事件で」

文芸サークルに所属する数学教育専攻の友人、相川の件だ。小説を生成するＡＩという話題から、ＡＩの心についての話になった。

それもまた、ネタとして使えるだろう。しかしながら、それでは「心」についてしか語

れないとも言える。それで四十五分の枠を持たせる自信はなかった。まして、今日初めて顔を合わせる中学生が、ＡＩに対して何を思っているのかも分からないのだ。

　手札が必要だった。

　陽介は、月也の左手を握る両手に力をこめる。

「ありったけ知りたいんです。一週間前から準備していたって思わせるくらいに。先輩ならできるでしょう！」

「お前……サボったな」

　月也の左手を解放し、陽介はそわそわと視線を揺らめかせる。誤魔化せるわけでもないのに、真面目を気取ってべっこう色の眼鏡を押し上げた。

「対価は払いますから」

「じゃあ、タバコ一箱」

「分かりました」

「契約成立っと。じゃ、さっそく行きますか」

「え……出掛ける時間も惜しいんですけど！」

　朝食の支度中に、冷蔵庫にでも寄り掛かって語ってもらう方が都合がよかった。調理という動作は、陽介の脳にとって適度な刺激にもなる。記憶の定着も促してくれるはずだ。

　月也は陽介の訴えを無視し、さっさと部屋に入った。さすがにスウェットのまま出掛ける気はないらしく、相変わらずのブラックコーデに着替え始める。

「先輩……」

「適材適所って言葉があんだろ。道中、俺は俺で持ってる知識教えてやるから、とりあえず信じてついて来いよ」

それとも信じられねぇ？　首をかしげられると、わざとと分かっていても言い返せなくなる。陽介はため息をつくと、月也とは対照的に明るい色のパーカーをつかんだ。

マグカップのように、月也との相互作用があったわけではない。服選びは、ファッション系に進みたいと常々口にしている妹の影響だ。彼女が勝手にコーディネートを考えて、勝手に買ってくるものだから、色味があるものの方に慣れていた。

（お兄ちゃんは放っておくと地味だからだっけ……）

いつ言われたのかも思い出せない記憶に、陽介は眉を寄せる。祖父の葬儀のために帰郷した夏には、月也はモノクロこそ至高、という評価をしていた。何が違うのか分からないまま、陽介は黒いサコッシュを引っ掛けて外に出る。

「先輩の黒は犯罪者的発想の一環としか思えないですけどね」

「なんだよ急に」

「いえ。確かに着こなしているのでムカつくなぁって」

「……やめるか」

「すみません！」

下りかけた外階段を戻ろうとする月也を、くるりと前に向かせ直す。「アーモンドチョコレート追加で」と笑う背中に、陽介はぐったりと頷いた。

（さっさと休学してれば……）

思考が惑う。学費は一人分。必要としているのは二人。船に乗るのに相応しいのは月也だと思いつつも、変わらず休学願いはクジラのエコバッグの中だ。

（何か奇跡でも起きればいいのに）

あまりにも馬鹿げたことを思う陽介の耳に、月也が立てる足音が響く。カンカン、と軽やかに。錆びた鉄の階段を鳴らす靴が楽しそうに見えるのは、何故だろうか。

生きる――

歩くという程度の些細なことにも「生」が感じられるからかもしれない。その歩みは、やっぱり教員へと向かってほしいと思う。

（いっそ、その足で踏み潰してくれたらいいのに）

空っぽになった大地に芽吹かせた想いを。「好き」を。水を与えた人が投げ出して、枯らしてくれたなら気楽だった。

他人任せは、当然、うまくなどいかない。

「一言でＡＩって言ってもさ、色んな視点から語れるんだけど。どういった授業で必要なわけ？」

「あ、はい……要はＩＣＴ教育として行われるんですけど」

「なんだっけ、それ。こっちの教職課程の必須単位にもあった気がすんだけど」

すっかり慣れたコンビニへの道を進みながら、月也は腕を組んで唸る。階段で遅れた分を取り戻すように大股になって、陽介はとなりに並んだ。

「簡単に言えば、教材なんかに積極的にデジタルを使っていきましょうって感じです。だから、感染症前から附属中とのオンライン授業は設定されていて。中学校側としては、ICTをうまく利用することで、総合的学習の時間をより豊かなものにしようって目標があるみたいです。僕らはその協力をしつつ、ICT教育がどういうものか実践的に学ぼうって感じですね」

「……総合的学習の時間?」

「ああ、先輩なら問題ないですよ。主目的は『探究』なので。いつものように科学の話でもして、知の巨人をやってくれれば大成功です」

文部科学省が考えている詳細では、さらに「自己の生き方を考える能力」というものも想定されている。それも、月也の科学雑学ならクリアできるだろう。

理系探偵として、あるいは、完全犯罪者を目指す人としての桂月也を見てきたから言える。月也なら導ける。死にたい気持ちを受け入れて、それでも生きることを選んだ彼だからこそ、子どもたちに寄り添っていける。

だから――遮るものがないからこそ、陽介の心には強く風が吹く。芽を守るためにうずくまりたくなるような、乾いた風が。

「そんな授業テーマに生徒たちが選んだのがAIなんです。まあ、もっと過激に、AIは人間を滅ぼすか、なんですけど」

「なるほどねぇ……つまり『強いＡＩ』を想定してるってわけだ」

「強いＡＩ？」

「ああ。対義語としての『弱いＡＩ』は定義しづらいから無視すんだけど。強いＡＩってーか、人間レベルの汎用型人工知能ＡＧＩのことを語りたいんだな。単純な人工知能、ある特定分野で活躍してる狭いＡＩ、例えば囲碁とかチェスとかは、とっくに人間と同等以上だろ。でも、チェス専用ＡＩが人間を滅ぼそうって発想になると思う？」

陽介は横に首を振る。チェスや囲碁などのＡＩがすごいことは知っている。でも、それらがある日いきなり、人間を滅ぼすための活動を開始するとは思えなかった。

「つまり、考えなければならないのは、どういうＡＩなら人を滅ぼそうとするかってことなんだけど。この問いが既に、ある条件を含んでるんだよねぇ。陽介は分かる？」

「えぇ？」

陽介は首をかしげる。

ＡＩが人を滅ぼそうとする、という文言のどこに条件があるのか。そもそも、どのような条件なのか。さっぱり分からなくて焦りを覚える。そわそわと視線をさまよわせる陽介とは対照的に、月也は落ち着いた様子で笑った。

「ＡＩはどういう判断で、人を排除対象とするのか。単純な機械なら、自発的にそんなこと考えたりしねぇだろ。『滅ぼす』なんて強い発想を持ってる時点で、そこにはＡＩなりの『心』がありそうな気がしねぇ？」

「ああ……でも、心は語ることができないんですよね」

　先日の相川の件でも話題になったことだ。心については、相手が人間であっても証明できない。観測した部分から勝手に想像することしかできないのだ。

「さすがに、人の心も同じように語れないから、滅ぼすかどうか分からないなんてオチじゃ納得してもらえないと思うんですけど」

「まあ、実は、論点を『心』にしたことがすり替えだったりすんだけどな」

「え？」

「機械の心について考えようって方が、人にはイメージしやすいっていうか、印象的に論じてくれそうな気がするじゃん。しかもこの論点だと、ＡＩが心を持つ可能性はない、と主張できる思考実験を語れるからさ。哲学者ジョン・サールが考えた『中国語の部屋』ってやつなんだけど」

　話がややこしくなりそうになってきたタイミングで、お馴染みの牛乳缶マークが見えてくる。続きは店先でタバコをふかしながら、ということにして、マスクを装着した。

（帰りたい気もするんだけど……）

　灰皿の前で、陽介はホットカフェオレのキャップを開けた。月也は早速、対価として渡した新しい箱のパッケージを開ける。タバコをセットし終わると、ジャケットからスマホを取り出した。

「別に中国語である必要はなくってさ。自分が全く意味を知らない単語やら、文法やらがあればいいだけなんだ。そいつをちょっと応用してみて……」

末尾をフェードアウトさせ、月也はスマホに入力を始める。トークアプリを使っているらしく、陽介のサコッシュに振動が起きた。

【今からあなたにAIになってもらいます】

「……は？」

「俺が偶数を送ったら名詞、奇数だったら動詞、アルファベットだったら『てにをは』をなんでもいいから送って返してみて」

腑に落ちないまま陽介は頷く。月也はタバコの先をかじってニヤリと笑った。

【2】【タバコ】

【A】【は】

【1】【帰る】

「……帰るってお前の願望だろ」

「まあ。でも、やりたいことはピンときましたよ。僕は先輩からの入力に対して『機械的に』返しました。だから文章になっていません。でも、繰り返していくうちに、偶数とアルファベットと奇数の組み合わせが、文章として成立するようになるわけですね」

「それが、いわゆるディープラーニングかな。サールの思考実験とAIの心の話から脱線するから深追いしねぇけど。サールが言いたかったのは、2がタバコを意味すると、AI

は『感じる』ことができるのかってことで。陽介は今、2という数字にタバコを感じて返したわけじゃねぇだろ」

　頷いて、陽介はカフェオレをすする。もう少し甘い方が、月也の特別講義を受けている身にはよかったかもしれない。

「それでも『タバコは帰る』という文を生成することはできた。意味はともかく、ルールとしては間違ってない。これが薄気味悪いとこなんだよな。意味、もっと言えばそれと感じる感覚『クオリア』がなくても、見かけ上は成立する。というわけで本題。このルールにおいて、ＡＩは心があると言えるだろうか？」

「んー……意味を共有できていないなら、ちょっと、心があるとは思い難いです」

「意味を共有、か。じゃあ陽介は、まったく日本語を知らずにやってきた外人さんには心がないと」

「言いませんよ！」

「どうして？　日本語という意味は共有できねぇんだよ？」

　むぅ、と陽介は口を尖らせる。そういえばと思い出して、店内に視線を向けた。店員の一人が海外から来ている人だ。感染症のせいでクリスマスにも帰れないと嘆いていた彼女は、流暢な日本語を話してくれるけれど。知らない頃はきっと、アレコレ指差したりジェスチャーで伝えようとしたはずだ。

「僕らにはボディランゲージがありますから。言葉が共有できなくても、この世界を共有してます。それで会話できるから、きっと心を感じ取れるんです」

「エレガントな視点だ。そう、AIが心を持つためには、世界と関わるボディが必要って説がある。五感のない箱の状態じゃあ、優秀過ぎる計算マシーンでしかないって。心の問題を棚上げにしても、人間に攻撃するにはボディは必要なわけで」

「それは、ネットに接続されてさえいれば充分じゃないですか？　兵器とか勝手に発射できそうですし、そうでなくとも、ネット環境取られたら生きてける気がしません」

「それなら、AI専用回線を作っちまって、人間の回線には入り込めないようにすれば大丈夫だな。まあ、人間同士のハッキングみたいに、いたちごっこになる時期が来るかもしれねぇけど。いきなり全面戦争ってことにはならなそうじゃん」

それなら人間は滅ぼされない……納得しそうになって、陽介はハッとした。

「待ってください。どうして、AIは人間を滅ぼそうとする、って前提の話になってるんですか。人間が作るんですから、友好的に共存できる可能性だって高いでしょう」

「そう！　その話のためにここまで来たんだよ。AIつったら、SF映画の影響か知んねぇけど、とりあえず人間と敵対するって発想があるからさ。現役の情報技術関係者の視点は必須だと思ったんだよな」

どういうことだろうか。月也と意味を共有できていない。陽介が取り残されたような気持ちになっていると、月也はタバコの味を苦そうにして笑い、ひゅうっと煙を飛ばした。

「ここで、一人でタバコをふかすのは、やっぱつまんねぇなって思って」

「……はい」

「どうせ死ぬからって、今まではどうでもよかったんだけど。生きてみようって思ったら、なんか、あのままってのは駄目なんじゃねぇかって。一歩踏み出してみたんだ」

来た、と月也の目が通りを捉える。

黒いマスクで顔を覆う男性に、陽介は見覚えがあった。

「楢原さん」

月也が気楽そうに呼び掛ける彼は、梅雨時に関わった時よりも肉付きが良くなったようだ。それでいて、目元のクマがひどく、不健康そうでもあった。

「おはよう、桂くん。気軽に連絡してもいいとは言ったけど、こんな朝っぱらに呼び出されるとは想定外だよ」

「すみません」

「まあ、ちょっと待ってて」

マスクがずれるほどのあくびをしながら、楢原はコンビニに入っていく。入口そばの栄養ドリンクをつかむと、流れ作業のようにレジに向かった。

「先輩。仲直りしたんですね」

楢原の背中を目で追いながら、陽介はパチパチと瞬く。彼とは、オスカー・ワイルドの童話『幸福な王子』に見立てた事件をきっかけに、縁が切れたものだと思っていた。

月也は、少し照れたようにタバコを入れ替えた。

「仲直りって……ここでたまたま見かけたから、お子さんは無事に産まれましたかって聞いてみただけだったけどな。そしたらもうヒデェ目に遭った」

娘の誕生にすっかり子煩悩になった楢原は、数か月分の写真を見せてきたのだ。月也には同じ瞬間にしか見えない写真を、一枚一枚解説する姿は、技術職としての解析力をフルに無駄遣いしているようだった。

「だから絶対、子どもにはふれるなよ。AIどころじゃなくなるからな」

「楢原さんって、AI関係の技術者だったんですか」

宇宙関係だと陽介は考えていたけれど、思い込みに過ぎなかったようだ。宇宙物理学専攻の月也と親しいというだけで、先入観が働いていた。実際には、月也だって宇宙以外の科学にも興味を向けているというのに。

「AIっていうか、俺はITソリューション系だよ」

話が聞こえていたらしく、楢原は栄養ドリンクのキャップを回しながら、灰皿から離れた位置に立つ。月也とはタバコ仲間だった彼は、禁煙を選ぶほどに変わったようだ。

「で、どういった用事かな。次のミルク当番俺だから、手短に頼みたいんだけど」

「AIの脅威について、彼にレクチャーしてあげてほしいんです。教育学部生なんですけど、今日、中学生とディスカッションすることになっているらしくって。とりあえず『中国語の部屋』は教えておきました」

よそ向きの敬語で月也は微笑む。楢原は軽く眉を寄せた。

「正直、呼び出すほどじゃないだろって感じだけど。君らには恩がないわけじゃないし、たまにはそういう話も悪くないか」

　疲労感をにじませる身体に栄養ドリンクを流し込み、楢原はキャップを閉め直す。空き瓶をもてあそびながら、脳内の計算を追うように視線をさまよわせた。

「桂くんも知らなそうな面白い話題だとするとなぁ……アシロマＡＩ原則とか、たぶん聞いたことないだろ」

　もちろん聞いたことのない陽介は首をかしげる。となりで加熱式タバコをオフにした月也も、重い前髪の下の瞳を興味深そうにきらめかせた。

「マサチューセッツ工科大の教授マックス・テグマーク達が設立した非営利団体『生命の未来研究所』が取りまとめたやつなんだけどね。詳細は検索してもらうとして、大雑把に言えば、ＡＩ研究はみんな平等に競争なく行って、誰かが得したり人間が脅威として使ったりするようなことがなく、ＡＩ自身が人類を滅ぼすことを計算しないように発展させろ、ってところだろう。まとめすぎてしまった気がするけど」

「そういう取り決めって、もうあったんだ」

　陽介は陽介で、よそ向きのフランクな口調でカフェオレをすする。

　ＡＩに仕事が奪われるだとか、ＡＩは人類を滅ぼすだとか、憶測や不安は聞くことがあった。中学生たちも、そういう話は耳にしたことがあるから、総合的学習の時間にＡＩをテーマとしたのだろう。

けれど、その先を考えている人たちだって、ちゃんといるのだ。どうしてか、その手の話は広まりを見せないけれど。

「アシロマＡＩ原則の発表は二〇一七年だから、比較的最近のことになる。本来ならもっと以前から、ＡＩの脅威に対抗する何かしかをまとめておくべきだったと俺なら思うね」

「……あの。そもそもどうして、ＡＩを敵として考えようとするのか疑問なんだけど。作った人が、自分に不利益になるようなものを作るって考えられなくて」

「それは、ＡＩが自分だけのお人形じゃないから、に決まっているだろ」

楢原は栄養ドリンクの空き瓶を掲げた。

「コレに脅威は感じないだろう。でも、俺が狂って振り回し始めたら？　小さな瓶とは言え、割れたら鋭利な凶器になりかねない。要するに『使い手次第で変わる』というのがＡＩにも当てはまる。そして、強いＡＩともなると自発的思考が発生するから、他人に対するのと同じように何を考えるのかを考えなきゃならない。リスク計算をして、打算的に行動しておくのは、何もＡＩ相手に限った話じゃないってわけさ」

「簡単な話ですよ、陽介くん。何も起きないと仮定するなら議論も必要ありません。楽観的に放置するには複雑だからこそ、万が一ＡＩが脅威になったらという議題が発生する。それこそ、ＡＩに性善説も性悪説も与えていないから、話をしようということなのかもしれません」

ああ、と陽介は頷く。

「ＡＩも教育原理、いっそ家庭科で語ればいいんですね」

ＩＣＴ教育の授業だからと、自分の専攻分野を考えに入れていなかった。ゆっくりと瞬き、陽介は眼鏡を押し上げる。視点を変えてみればいいだけだったのだ。

「ありがとうございます、楢原さん」

「ハイ、どーも」

空き瓶を握った楢原は、陽介の感謝をテキトーに流して走り出す。そこからはもう、妻との関係に疲れていた彼は感じられなかった。

子どもの誕生で、世界が一変したのだ。

「いいなぁ」

陽介は思わず呟いた。

「楢原さん、ちゃんとお父さんになったんですね」

とても素敵なものを見せてもらった気がする。電信柱の向こうに見えなくなる姿に少しだけ痛みを感じるのは、自分の父が「お父さん」であってくれたのか、分からないからだ。

陽介の記憶にある背中は「日下」ばかりだった。

カフェオレを持つ手を左に変えて、親指の傷痕に視線を落とす。夏に学費のことが問題になった時も、子どもの夢を応援するような態度はとらなかった。町の中で学費相当額を手に入れてみせろ、と課題を出すくらいだった。

「せめて赤ちゃんの時くらいは、抱きしめてもらえていたらいいな」

記憶はない。お宮参りの写真はあったけれど、母の腕の中にいて、宮司と一緒に写っているだけだった。

「じゃあ、どうぞ。さすがにハグは無理だけど」

月也の声に顔を向ける。右手で加熱式タバコを握る彼は、左手を陽介に向けて差し伸べていた。

「いつかの逆ですね」

「あの日も悲鳴からだったな」

「そうでしたね」

微かに笑って、陽介は月也の手を取った。

六月の雨の日には、月也が誰かとのつながりを欲していた。家族とのつながりを求めていた。代わりになろうとした陽介は、結局、なんでもない者にしかなれなかった。

それでよかったと思ってはいる。けれど……。

「少し寂しいです。先輩ばかり変わっていっているから」

切り捨てるように別れた相手に、再び話し掛けるような人ではなかった。月也自身が言っていたように、「生きる」という変化が行動も変えたのだ。

「それは……」

月也は手を離し、両手の指先で加熱式タバコのスティックをいじった。

「……人間らしいＡＩを作るにはどうするかって研究も、もちろんあるんだけど。量子コンピュータのようなスパコンを作ったりして、初めからある程度完成されたシステムを目指すところがあったんだ。でも、もっと違う視点から考えた方がいいんじゃねぇかって説もあって」

「ええ」

「人と同じように、何もできない状態から育てていくのがいいだろうって。今のＡＩ研究は、いきなり大人を作ろうとしているけれど、子どもから大人へと成長していくような仕組みでこそ、人間らしさは生まれるんじゃねぇかって。そうなるとさ、ＡＩにも『家庭』が必要になんだろうな。心を育んでくれる場所が。だから、家庭科でＡＩを語るって陽介の発想はエレガントでいいと思う」

「はい」

「そんで……まあ、だから。陽介は家族ではないけれど、俺にとっての家庭ではあったんじゃねぇかなって」

言い切る前に月也は大股で歩き出す。恥ずかしさに逃げる背中を追いかければ、さらに歩調が速くなった。

「先輩！」

「やっぱ、なんでもねぇ！」

走る。先に広がる空は、十一月の高く澄んだ青で、五月の青さとは違っていた。

――午後二時。

陽介はこたつの上でパソコンを開く。オンライン会議用の背景設定を月也にしてもらっていたおかげで、室内を表示することなく中学生と向き合うことができた。

陽介と同じグループになったのは、女子三人組だった。

画面に向かって左、厚いフレームの黒い眼鏡がノース、中央のせわしなく視線を泳がせている泣きボクロがサウス、右端のポニーテールがウェスト。附属中学校は制服がないため、私服の胸元に留められているネームプレートは、当然ながらニックネームだ。

短時間での覚えやすさという理由がメインではある。背景には、学生同士である以上、プライベートな交流につながらないようにという、教育機関としての神経質なまでの配慮もあった。

(三人なのに東西南北なんだ)

こちらは「日下です」と苗字をさらし、笑顔で挨拶しながら陽介は違和感を覚える。学校側が割り振ったニックネームということだろうか。

「その名前って誰が考えたの?」

本題に入る前に脱線して、つい、陽介は確認した。答えたのはポニーテールのウェストだ。少し感情的な声で「あたしですけど」とだけ告げた。

「日下先生。時間も限られてますから」

フォローするようにつないだのは、泣きボクロのサウス。この二人のネームプレートにだけ、お揃いの青いハートのシールが貼られている。

（ニックネームに共通項があるのに、どうして眼鏡の子だけシールがないんだよ……）

ハブられているのかと邪推したくなるけれど、サウスは左手で頬杖をついている。ウェストとの間に壁を作り、ノースとは話しやすくなるポージングだ。

奇妙だった。仲良し三人組のようでいて、軋轢が感じられた。

「……このクラスでのテーマは、ＡＩは人類を滅ぼすか、ということだったけど」

気になることから目を逸らし、陽介は授業に入る。付け焼き刃の知識ではあったけれど、本当に人に恵まれた。まさしく知の巨人からもらった知恵と、気付かせてもらった家庭科としての視点から、テーマに迫る。

「滅ぼしたいって考えるところに、心が感じられると思うんだけど」

導入として、月也が教えてくれた「中国語の部屋」を持ってくる。それが論点のすり替えであることは、そっと胸の内に仕舞っておいた。

ＡＩ、機械であるならば、データの重み付け次第で「人類は滅ぼすべき」と計算することもあるだろう。そこに感情――心があるかとなると疑問は残る。あくまで機械的に、より目的を達成できる方法を選んだだけかもしれない。朝ごはんを食べながら、月也はそんな話も付け足してくれた。

それでも、相川のＡＩ小説事件で問題になったように、人は「外側の心」を感じるだろう。自分たちを滅ぼそうとする脅威を恐れるほど、何かしらの感情で動いていると思いたくなるはずだ。けれど、ＡＩの「内側の心」などは、誰にも分かりようがない。

結局、人が論じるから「心」が付きまとう……月也は締めくくった。ＡＩ研究は、本質的には「人」を知りたいという願いでもあるのだ、と。

知の巨人の言葉を心の中で反芻する陽介の前、モニターの向こうで、女子中学生たちは真剣な表情でメモを取っている。導入は好感触のようだ。陽介がホッとしていると、ウェストがペンを止めた。

「へぇ、ＡＩは心を持てないんだって？」

わざとらしくノースを見る。間に挟まれるサウスは、視線を遮るようにウェストの顔を覗き込んだ。ノースはそっぽを向いて眼鏡を押し上げるだけだった。

（これは……）

左右の二人がトラブルを抱えている状態で、真ん中のサウスがどうにか取り持っているようだ。サウスの頻繁に揺れる視線や、画面越しにも感じ取れる目元の疲れ具合からするに、ここ数日の問題でもなさそうだった。

（サウスさん、身が持たなそうだな）

ＩＣＴ授業中であることも忘れ、陽介は考える。「先生」と呼んでもらえても、本当は何者でもない、休学を悩んでいるような大学生が、入り込んで口出しすることではないのだろう。気になるなら、彼女らの担任に報告するのが筋だ。

お節介な気持ちになるのは「日下」だからだろうか。

月也が言ってくれたように「日下陽介」だからだろうか。

「日下先生、どうかしました？　回線切れちゃったかな……」

眼鏡のノースが首を捻る。何かボタンを押そうと指を動かすのが見え、陽介は慌てて首を振った。

「大丈夫！　心配してくれてありがとう、ノースさん。実は今日のために徹夜で調べちゃって、寝不足なんだ。でも、おかげで面白い話になってると思うんだけど……どうかな、サウスさん」

「え、あ、はい」

「よかった。面白かったでしょう『中国語の部屋』。このパターンだと、もしかしたら、SOSを送ったつもりが、駅東口のカフェなんて意味に伝わっちゃうこともあるかもしれないんだ。機械的ってちょっと怖いね」

陽介は眼鏡のブリッジにふれ、じっとサウスの目を見据えた。泣きボクロの彼女にメッセージが届いたかは分からなかった。サイドの二人に悟られるわけにはいかないから、話題を先に進めた。

「心がないなら脅威にならないのか、というと話は違ってきて。そもそも、AIをどう扱うべきか、万が一にも人類に危険を及ぼすことはないのか、予めきちんと考えておくべきだっていう人たちもいるんだ。そんな人たちが作ってくれたのが『アシロマAI原則』って言うんだけどね。聞いたことあるかな、ウェストさん」

不平等にならないように全員の名前を読んだところで、楢原にもらった情報を伝える。

結局それは、人とＡＩがどう関わるかという話に戻っていく。

「僕が思うのは、人間がＡＩにとっての『親』になるには、どうしたらいいのかってことなんだ。まあ、家族の心理学には父殺しのエディプス・コンプレックスとか、慈しみ育てる一方で、呑み込み殺してしまう母グレート・マザーとか、ややこしいものもあるけれど。ＡＩとも家庭の中で育むように関わっていけたら、そもそも人を殺そうとは考えないんじゃないか」

話し終える前に陽介は目を伏せる。心のざわめきを誤魔化すように、ワークシートをまとめようと指示を出した。

——陽介は家族ではないけれど、俺にとっての家庭ではあったんじゃねぇかなって。

朝の言葉が胸に響く。

(僕が先輩の「家庭」なら……)

画面の向こうから響いたチャイムの音にハッとすると、寝不足を心配されて通信が切れた。陽介は長く息を吐き出しながら、ぐったりとソファに寄り掛かった。

ふすまが開き、月也が右端に座った。

「お前また、厄介ごとに首突っ込んだだろ」

「……なんで、音声だけで分かるんですか」

「俺だから」

「ですねぇ」

慣れたやり取りに呆れた気持ちで笑って、陽介はこたつを這い出る。両腕をぐっと伸ばしながら、月也に首をかしげた。

「先輩も来てくれませんか。メッセージを無視されたら無駄足になってしまうので。その時は一緒にお茶してくれたら報われます」

「俺でよければ。オンライン授業で堂々と女子中学生をデートに誘う不良教師を、放っておくのも危険ですしねぇ」

「あのねぇ……」

「さあて、どんな刺激的な展開が待っているのやら」

ケラケラと笑いながら、月也は部屋に戻っていく。陽介は口を曲げて、自身も出掛ける準備を整えるために自室に入った。

(時間までは伝えられなかったけど)

SOSがあるなら駅東口のカフェまで——「中国語の部屋」になぞらえて届けるには、それで精一杯だった。だから、サウスには察してもらうしかない。

時刻は、指定されていないからこそ直近、今日の放課後と考えてもらう。具体的な駅名を入れることもできなかったけれど、附属中学校最寄り駅の東口に、コーヒーのチェーン店があることを思い出してくれれば、そこだとピンと来てくれるはずだ。

(んー、相手任せの綱渡りな暗号だなぁ)

　とはいえ、仮にも附属中学校の生徒だ。お受験を突破している頭のデキに期待するしかない。新しさもないパーカーを羽織って、いや、と陽介は自分の考えを否定した。

　いっそ、来ない方がいいのだ。

　暗号の失敗でも、サウスの判断でも、どちらでも構わない。教育学部の生徒が附属中学校の生徒と逢引きをした、という状況が好ましくない。月也は不良教師とからかう程度だったけれど、冷静になるほどに、危ういことをしたという実感が強まってくる。

（僕、軽率すぎるじゃん……）

　居間に戻ってきたところで、陽介は頭を抱えた。別になんのメッセージでもなかったということにして、身勝手にキャンセルしてしまおうか。でも……こたつのそばに突っ立って動けなくなっていると、月也がソファを乗り越えて出てきた。

「今更やらかしたって顔しても仕方ねぇだろ。それがお前なんだからさぁ」

「まあ、そうですね。初対面の女児の面倒見るくらいの変わり者ですしね」

「そうそう。いつものお節介ノリで、カフェで偶然会っちゃいましたって体でいればいいだろ。まさかそのあと、本気でどっか連れ込むわけじゃねぇだろ？」

　しませんよ、と頬を膨らませ、陽介はすぐにため息をついた。月也の、無駄に似合っているブラックコーディネートを睨む。

「先輩が彼女だったらなぁ。同性がいる安心感を演出できたのになぁ」

「そうだな。女になるのは無理だけど、印象操作くらいならできるかもしんねぇな」

「印象操作って……」

犯罪者思考が言い出すと、どうにも不穏に聞こえる。陽介が眉を寄せると、月也はニヤリと笑ってジャケットを脱ぎ始めた。

「ほら、陽介もさっさと脱いで」

「……へ？」

「服、交換すんだよ。幸い俺とお前って、サイズが合わないほどの体格差ねぇじゃん。そんでもって、ファッションセンスが真逆並みに違ってんじゃん」

陽介が選ぶのは、動きやすさ重視のラフでカジュアルなものだ。農作業を手伝うことを前提にしてはいないけれど、そういう家で子ども時代を過ごしたことは影響している。着慣れているのは、汚れても気にならないものばかりだ。

一方の月也は、カチッとしたキレイめなものを選んでいる。桂のご子息「らしく」着せられていた名残だ。好きではない「家」が選んだ服装などやめても構わないけれど、ファッションに興味のない月也は、進学に際して持ってきたものを基準に着続けている。いわゆる、着られればなんでもいい、というスタンスだ。

「先輩」

「ああ」

着替え終わると、二人は同時に吹き出した。服は見慣れているのに、着ている人とセットだと違和感しかない。それでいて、なんとなく似合っているのが、ましておかしかった。

「いいじゃん。眼鏡効果でいっそう先生っぽい。普段の陽介知ってたら、ぱっと見誰か分かんねぇくらいにはなってるって」

「先輩も。悪魔か死神みたいな薄暗いオーラが、上着の明るさに中和されてていい感じですよ。なんかちょっと、ミュージシャンぽさも感じます」

「まじ？　じゃあ路線変更しようかな」

「いえ。先輩は科学の徒のままでいいです。あーでも、今だけは大学で軽音サークルに入っている教育学部の先輩って設定がいいですかね」

　服を取り替えた意図を理解し、陽介は月也のメッセンジャーバッグを肩にかける。陽介のサコッシュにスマホを入れた月也は、エクセレント、と頷いた。

「お前は生真面目過ぎる後輩の日下くんだな。あんま変わってる気しねぇけど……こんだけ普段と印象が違ってれば、万が一、知り合いに目撃されても大丈夫だろ。日下陽介が附属の女の子引っ掛けてるなんて気付かれねぇって」

「ええ。そして、彼女の印象も操作するんですね。オンライン授業の日下先生は、寝不足で本調子ではありませんでしたし。本来の僕はこの姿だと印象を残すことで、万が一、どこかで出くわしても他人の空似だと思わせる、と」

「さすが日下くん。普段から『おれ』を演じているだけの理解力だ」

「桂先輩こそ。日常的に『ぼく』と騙しているだけの発想力ですね」

　要するに「いつも通り」ということだ。父親と同じような人物と見られたくない……その想いから作り出した、本来の自分とは違う自分。人称と口調程度の雑な鎧は、放火魔の夏の日まで、誰の前でも脱げなかった。

互いに同じだと知った科学部部室が、気を許せる最初の部屋だった。

あの町を離れ暮らしているこの家が、かけがえのない部屋になった。

「でも。本当は、こっちに来てまで演じる必要なんてなかったはずなんだよな」

戸締りをする陽介の耳に、月也の戸惑うような声が聞こえる。そうですね、と一歩うしろから、陽介は同じ歩調で外階段を下り始めた。

この都会に、「日下」や「桂」を知る人はほとんどいない。自分を偽らなくとも、父と比べられることも、「家」を見られることもなかった。

それなのに、素の自分を隠したのは――

「たぶん、理由なんてないです。服選びと同じように、なんとなく、そうすることに慣れてしまっていただけなんだと思います」

「そうだな。それがラクだと思い込んでたし、なんか、どこに行っても、どうせ敵だらけって思ってたもんな」

カン、と月也は錆びた階段の音を響かせる。カツン、と陽介も小さく響かせて、先を歩く癖の強い黒髪を見つめた。

――どうせ、敵だらけだと思っていた。

過去形で語られたのは、今はそうではないことに気付いているからだ。その発見をもたらしたのは、本当に敵が減ったからではない。月也が変わったからだ。その目が世界の見方を変えたから、敵が敵ではなくなった。

(僕は、少しでも変われたのかな?)

置いて行かれそうだ。陽介は思わず手を伸ばし、パーカーのフードをつかんだ。急に反った喉に、月也が短く呻く。

「何?」

「先輩。歩くの速すぎです」

「……手でもつなぐ?」

「馬鹿じゃないですか」

たっぷりと呆れを込めて息を吐き、陽介は月也を追い越す。スタスタと、徒歩二十五分かかる最寄り駅を目指した。


駅の手前でマスクを装着したことで気が付いた。このご時世、みんな顔を隠している。カフェで大学生と女子中学生が逢引きしていたところで、ほとんど誰か分からない。

ヒントとなるのは、それこそ服装だ。

衣服がもたらすセンスと雰囲気。目元の情報。そういったものを総合的に判断して、口元が見えない情報不足を補っている。

だから……画面越しの日下先生の印象しかない泣きボクロのサウスが、陽介に驚いたのも無理はない。

「すみません。あの、こんなに先生らしい方だとは思ってなくって……」

奥のテーブル席で、サウスは恥ずかしそうにうつむいた。陽介は普段は組まない脚を組んで眼鏡を押し上げる。なんとなく月也を気取って微笑んだ。

「こちらこそすみませんでした。寝ぼけた状態で授業に参加してしまって……でも、サウスさんのＳＯＳに気付くことができてよかったです」

「あ、はい……」

サウスの視線が、ちら、と月也を向いた。こっそりと悩み相談ができると期待したところに、知らない第三者がいるのだから、落ち着かないのだろう。陽介はさらにニコニコとして、月也に右手を向けた。

「大丈夫です。彼は僕の先輩で、普段からお世話になっているんです。こう見えて僕より聡明で理知的ですから、サウスさんの力になってくれるとお約束します」

「こう見えて、は余計だけどな」

「でも実際、軽薄そうですから……そうだ、先輩。何がサウスさんを困らせているか推理して、実力を見せつけてくださいよ」

面白がって、陽介は手を打ち合わせる。随分と寒くなってきているというのに、生クリームたっぷりのアイスドリンクを飲もうとしていたサウスは、動きを止めて月也を見つめた。月也は面倒臭そうに眉を寄せる。

「俺が与えられてんの、音声情報だけなんだけど？」

「知ってます。盗み聞きした授業内容だけですよね」

それでも先輩なら、と陽介は名前を出さないように気を付けながら見つめる。サウスには悪いけれど、月也のロジックを聞きたいというのは、自身の欲求でしかなかった。

月也はホットココアを一口飲むと、顔の印象が残る前にマスクを戻した。

「俺が知ってんのは、東西南北由来のニックネームなのに、三人しかいないってこと。それを付けた奴が、どうも心について含むところがあって、誰かに対して不快感を抱いていること、くらいだな」

「ややこしいので、名前については情報提供しますね。ニックネームを付けたのはウェストさん。サウスさんはこの場にいる彼女で、残る一人はノースさんです」

「とりあえず仮説を立てるとするなら、彼女らは三人ではなく四人組だった、だよな。だからウェストは、四人に使えるニックネームを考えた。しかしながら、四人目は授業に参加していない。今日、たまたま休んだとすることもできるけど？」

その場にいない、声を発しない人物については、月也に確認することはできない。陽介は軽く頷き情報を追加する。

「欠席ではありません。僕が事前に聞いていた段階で、対象者は三人でした」

「ってことは四人目、イーストには学校に在籍できない理由があったってことになる。そこにウェストが反応を見せた『心』を考え合わせると……イーストが学校にいられないことに関して、ノースが心無い行動を取っているってあたりじゃねぇかな」

「サウスさんではない根拠は？」

「彼女はフォローできるタイプみたいだから。どっちかってーと、ノースとウェストの仲を取り持つことに疲れていて、ＳＯＳを発信したって考える方が筋が通るかなって」

「どうです？　これで先輩のこと信用してもらえました？」

圧倒されていたサウスは、こくこくと頷いた。すっかり紅潮した頬を鎮めるように、アイスドリンクをすすった。

「あの、本当に凄いです！　声しか聞いてないんですよね。それなのに、こんなに当てちゃえるんですね！」

興奮する彼女に、自分が違和感を覚えた点を伝えることは気が引けた。お揃いのシールやサウスの頬杖の癖については、必要が出てきたら語ろうと、陽介はそっと本日のコーヒーを口にする。

「分かってもらえてよかったです。安心できたのでしたら、詳細を教えてもらえますか。きっと先輩が、サウスさんのモヤモヤを晴らしてくれますから」

サウスはストローをつまむと、飲むでもなく目を伏せる。軽く化粧をしているようだ。さすがに校内では注意を受けるだろうから、カフェに来るまでの間に施したのだろう。

「わたし達がぎくしゃくしたきっかけは、イーストの転校でした」

マスクに色を移す艶のあるリップを塗った唇で、サウスはぽつぽつと語り始めた。

イーストの転校は六月の終わりに決まったという。夏にはもういないと、彼女は明るい調子で語っていた。仲良し四人組としては寂しくはあったけれど、スマホでやり取りできればいいと、軽く受け止めていた。

問題は、イーストの登校最後の日に発生した。

「私はみんなのこと忘れるから、みんなも私を忘れてちょうだい、って……」

それがイーストの別れの言葉だった。

仲良し四人組だったはずなのに、とウェストは落ち込んだ。SNSで連絡を取ろうとしたけれど、イーストは本当に「忘れてしまった」らしい。トークアプリも、つぶやきも、電話番号すら存在しない状態になってしまっていた。

「ノースは、イーストの願いの通りにするべきだって。すっかり彼女なんていなかったみたいな態度なんです。ウェストは本心のはずがないって、ずっと忘れちゃいけないって、イーストがよくノートとかに貼ってた青色のハートとかまで真似しだして。今はもう三人なのに、東西南北なんてニックネームを使おうって言い出したりもして……」

陽介が見たネームプレートのシールは、そういうことらしい。ノースはハブられていたわけではなく、自分の意思で拒否したのだ。

「青いハートは僕も見ましたけど。あれからすると、サウスさんはウェストさん寄りってことですか？」

「わたしは……忘れたくないって思ってます。でも、ノースの言うように、イーストの願いを尊重するのも大事なような気がして……優柔不断なんです。どちらにもできないものだから、どちらのフリもしてる。だめだめなんです」

大きく息を吐き出して、サウスはストローを咥えた。目元にあるホクロが妙に印象深くなった気がしたのは、彼女の心に共鳴したせいかもしれない。

「駄目じゃないですよ。サウスさんのおかげで、三人のままでいられるんですから」

つなぎとめる糊の役割がいなかったら、ノースとウェストはとっくに喧嘩別れしていただろう。それはたぶん、イーストの願うところではなかったはずだ。

「しかしまあ、ノースって薄情なんだな。今はもういないからって考えなくなるのは、まあ、時間の経過がもたらすことかもしれねぇけど。『すっかりいなかった』なんて態度、なかなか取れるもんじゃないだろ。もとから二人は仲悪かったんじゃねぇの？」

「ないです！　ノースとイーストは同じバス通学で。二人が先に仲良しだったんです。そこにわたしとウェストが加わったみたいな感じで……だからいっそう、ウェストは許せないんだと思います。それこそノースが、ひどい薄情に見えてるのかもしれません」

サウスはグラスを握る手を震わせた。人差し指の先にも青いハートが貼られている。青いネイルを勧めたことがあった、と陽介は思考の隅で考えた。

「イーストさんは、青色が好きだったんですよね」

ヒントを求めたというよりは、なんとなく気になっただけだった。サウスは察したように人差し指の先を見つめた。

「医者になりたかったからみたいです。外科の。だから、手術着の青から影響されたみたいで。ついでってことでしたけど、イギリスの国営医療サービスのシンボルカラーも青って知っていたから、医療に関するなら青って思いがあったらしくて。だから、パンデミックの青色キャンペーンですっかりメジャーになったけど、わたしが医療の青を知ったのは、イーストが教えてくれたからでした」

ふふ、と懐かしむようにサウスは笑った。

「イーストは、とっても物知りだったんです。体育もサボって本ばかり読んでいるような子で、ノースによく怒られてました。化粧も上手で、わたしがひどいニキビの痕に落ち込んでたら、きれいに隠す方法教えてくれて。しょっちゅう休むのに、テストはいっつも五位以内だったんですよ。なんか、本当にいたのかって不思議になるくらいですね。もしかしたら少女漫画の世界の子だったのかも」

次元が違うから――サウスは、深いため息と共にグラスを置く。青いハートが飾る指先を、左手の先で撫でた。

「だから、わたしには、別れの言葉の意味が分からないのかもなぁ。わたしならきっと、ゼッタイ忘れないでねって泣いちゃうのに」

イーストはあっけらかんとしていた。

付き合いの長いノースは、彼女の願いを受け入れた。あとから親しくなったウェストは反発して、ノースに当てつけるようにイーストの存在をにおわせている。

（あれ。これって単純に……）

「分からないのは単純に、君とウェストがイーストのことを知らないから――ッ」

同じ点に気付いたらしい月也の足を、陽介は思い切り踏みつける。痛みに言葉をなくした月也は、ただただ睨んでくるばかりだ。陽介は知らないふりをして、コーヒーカップを持ち上げた。

――先輩はオブラートを知らないでしょう？

こそ、と唇を動かす。月也は長い前髪をつまむと、口をへの字に曲げた。不貞腐れた様子の彼を横目に、陽介は一口飲んだカップをテーブルに戻す。

「サウスさん。ちょっと視点を変えてみませんか？」

「視点を変える？」

「はい。ノースさんはどうして、サウスさんたちのグループに居続けるのか。イーストさんの言葉の通り、彼女のことを忘れるのなら、あなた達とは距離を取りたくなると思うんです。忘れたくても、否応なく思い出してしまいますから」

「ま、ほかに友だちがいなくて、ボッチになるのが嫌だからって可能性もあるけどな」

「あー、そうですね。でも、当たりのキツイ友だちと一緒にいるより、一人の方がマシって考える可能性だってありますよ」

「なんであれ、ノースじゃない俺らには分からねぇよ」

「サウスさんには想像できますか？」

ノースの心を。今日出会ったばかりの陽介とは違い、毎日のように学校で顔を合わせ、話をしているサウスになら、ノースの心理を語れるだけの情報があるだろうか。

「……分かりません」

サウスは左右に首を振った。戸惑いを強調するように、青いハートの指先で泣きボクロにふれた。

「でも、そうですよね。わたし達といるより他の子といた方が気楽なのに。どうしてわたし達と一緒にいるんだろう……」

「たぶん、二人に言えていないことがあるからです。イーストさんのことで」

泣きボクロにふれたままで、サウスはパチパチと瞬く。ノースはイーストの言葉を受け入れて、願い通りに忘れることを選んだはずだ。矛盾していると、不思議に感じているのだろう。

陽介は斜めに視線を落とすと、両手でカップをつかむ。コーヒーのぬくもりに、少しの慰めを求めた。

「これ以上のことを僕の口から伝えるのは、それこそ、イーストさんやノースさんの心に反してしまいます。だから……」

「分かりました。わたしがちゃんと聞いてみます。ウェストも一緒に、ノースとちゃんと話してみます」

泣きボクロから手を離し、サウスはしっかりと頷いた。立ち上がると、重い教科書でも楽に運べそうなリュックを背負う。

「ありがとうございました、日下先生」

マスクのせいでかえって強調される目元に強い光を宿し、サウスはカフェを出て行く。スマホを取り出してメッセージを打ち込み始めた姿が、柱の向こうに消えた。

「日下先生、なんだねぇ」

からかいながら、月也がココアを口に運んだ。陽介は頬を膨らませ、どうにも息苦しく感じる首元のボタンを外す。

「僕はただの学生ですよ」

教免を投げ捨てようとしている、不良学生だ。過去にも未来にも「先生」と呼ばれる資格はない――月也に言えない言葉をコーヒーで呑み込んだ。

「でも。僕なんかの言葉で関係が改善されるなら、嬉しいなって思います」

「そのために足を踏み付けにされた俺は、可哀そうだなって思いますけど」

「だって！　先輩じゃあ全部喋っちゃったでしょう。イーストさんが、たぶん、もう」

「死んでる可能性がある、ってね」

さらりと口にして、月也は硬めの背もたれに寄り掛かる。壁に描かれた、一足早いクリスマスのチョークアートを、どうでもよさそうに見つめた。

「体育をサボったり欠席が多かったりしたのは、体力がなかったり体調不良だったりが原因だ。化粧が上手かったのも、自分の顔色の悪さを誤魔化すために覚えたんだろう」

「ええ。医者を目指したのは、病魔を自身の手でやっつけるためで。勉強ができたのも、それだけ必死だったからなんでしょう」

けれど、運命は意地悪だった。

医療に従事しようと、青いハートで憧れを示していた彼女に、時間を与えてはくれなかった。転校ということにして、本格的な入院生活に入らなければならないほどに、イーストを追い詰めた。

学校最後の日、彼女は覚悟を決めたのだろう。

二度と友だちとは会えない可能性を悟っていたからこそ出た言葉が——私はみんなのこと忘れるから、みんなも私を忘れてちょうだい。

「正直、イーストさんの言葉の意味が僕には分かりません。死ぬことが分かっていたら、かえって覚えていてもらいたいものではないでしょうか」

イーストの入院が決まった六月の終わり頃、理系探偵にあった「名無しさん」の依頼のように。自分という存在が世界にあったことを、誰でもいいから覚えていてほしい……切実な「生」の願いの方が、陽介には共感できた。

月也はチョークアートから、カップの中にできた茶色の縞模様へと視線を落とした。

「近しい人なら否応なく、死の情報は入るだろう」

「ええ」

「魂の存在は科学的に証明できねぇから、死んだら何も残らないとする。つまりさ、死んじゃったら『私はみんなのこと忘れる』わけじゃん。そんな、何も覚えていない『私』をいつまでも覚えていられるのがイヤだったんじゃねぇかな。だからあの言葉は、すげぇ雑に要約すれば――私が死んでも気にしないで」

そこに含まれた痛みを知っているかのように、月也は長い睫毛の先を震わせる。陽介はゆっくりと瞬き、切り取るように横顔を見つめた。

「死は、生命活動の終わりという意味での死と、記憶から消えるという意味での死があるっていうけど。結局さ、記憶の中に『死』があれば、そいつの中で死んじゃってるわけじゃん。記憶の中で生き続けるにはさ、死んだことに気付かせない必要があるわけで……」

だから、という言葉の先がココアに消える。

記憶の中で生き続けるためには、自殺もまた、完全犯罪にしなければならない。死んだことを悟らせない限り、生きていることにできるから……ネガティブな「生」の話を月也は呑み込んだつもりなのだろう。だから――陽介は心の中に留めておくだけにした。

何も言わない陽介に、ちら、と月也は視線を向けた。

重い前髪の下で暗く光る瞳は、陽介が気付かなかったふりをしたことを、さらに気付かなかったことにしたようだ。分からないほど微かに目を細めて話を続けた。

「ノースは、一人でイーストの死を抱え込むことで、サウスとウェストの中で生き続けるイーストを守ろうとしたんだろうな。自分は願いを受け入れて『死』すら忘れたことにして。憎まれ役になってでも、嘘でも、『生きている世界』を守りたかったんだろう」

「じゃあ、僕がしたことは……」

「いや。俺もそんな世界は壊していいって思ったんだ。あまりにも虚しいっていうか、俺自身の勝手な願望だけど。俺は、自分が死んだ後の世界で、陽介に笑っていてほしいって思うから。俺のことなんか忘れて、まっすぐ未来に向かって生きてほしいって」

まっすぐ、と月也は人差し指を立てる。そこに前髪を絡めて、呆れたような、自嘲するような、なんとも言えない表情で笑った。

「死にたがりの空想だな。『忘れてほしい』ってのは、そういう願いなんだろうって。だから、全部ぶっ壊してやろうと思ったのに、陽介に邪魔されちゃったなぁ」

「僕だって、結局壊すことしかできてませんよ」

「でも、壊れ方が違う。ノースの救いになるのはきっと、陽介が導いた方法だよ。さすがだね、日下先生」

「……」

月也の声に、心の中の芽がざわめく。

（ねぇ、先輩）

わざとなんでしょう？　口にできずに、陽介は右手を強く握りしめる。

月也はわざと、言葉を与えてきているのだ。一人分しかない学費を、陽介が手放してしまわないように。水と養分を与え、心の中の芽を育てようとしている。

うまくいった時にはきっと「これが俺の完全犯罪」と、したり顔で笑うのだろう。どうせ教職など興味なかったと、心を殺して笑うのだろう。

（「死」に慣れちゃ駄目ですよ、先輩）

生きることを決めたのなら、もっと貪欲になるべきだ。俺の方が相応しいと、奪い取るくらいで構わないのに。

月也は――弱い。「生」に対する執着が、まだ、ちゃんと育っていない。

家庭が足りない。

「……名無しさんからの報酬、四千五百十二円でしたね」

陽介は息を吐き出すと、コーヒーカップを傾ける。いつの間にか空になっていた。

「随分と中途半端な金額でしたけど、やっぱり意味があったのでしょうか」

「今更だな。てっきり分かってたんだと思ってた」

「誰かさんのせいで日々が忙しくて……すっかり忘れていたんですけど、なんか、イーストさんに思い出させられたって感じでしょうか」

「似てるもんな、この二人」

自分の死後、何を願うのか。

覚えていてほしいと望むのも、忘れてほしいと望むのも、逆ベクトルのようで結局は同じなのかもしれない。強く願うほどに、ただ、人との関わりを望んでいる。

「先輩が吹っ掛けた、七十四万七千五百九十二円は『メモリ』って意味の暗号だったんですよね。じゃあ、名無しさんからの報酬は、それに対する返事ですか」

「エクセレント。つっても、俺が使った方式とは違っている。名無しの方はいたって単純なアルファベットの番号だ」

「アルファベット……」

Aから Zまでで二十六文字しかない。それと、名無しの入金額を照らし合わせると。

「DEL……デリートですか！」

「ああ。メモリを消去してきやがった。あいつはどこまでもエレガントに『名無し』だったってわけだ」

愉快そうに、月也がクツクツと笑う。パーカーのグリーンが、いっそう彼を明るく見せる。陽介は、黒いシャツのボタンを留め直して立ち上がった。

「このまま服でも買いに行きませんか」

「もしかして、そういうファッションがお気に召した？」

「いえ、それはないですけど。なんか、先輩と回ってみたい気分なんです。とりあえず、そろそろスリッパを買うことは検討したいですね」

「キッチン寒いもんなぁ」

月也も立ち上がる。カフェを出ると両手をポケットに突っ込んで、いたずらっ子の顔になった。

「スリッパぐらいお揃いにしようか？」

マグカップも衣類も、寝具の敷き方すら共通点がないから。今更に思うことを並べ立てた月也は、ふっと、瞳に胡散臭い光をよぎらせた。

「玄関にお揃いのスリッパがあった方が、いっそう『家』らしいだろ？」

「……そうですね」

陽介は、受けて立つ気持ちで微笑む。

もはや意地の張り合いだ。互いに、相手を学費の船に乗せることを考えている。それでいて、相手が「乗りたい」と言い出してくれるのを待っているのは——

自分の手で芽を摘み取ることができない、臆病な心のせいだ。

＊家庭［home］「住む所」が原義

第４話

陽介が休学願いを出してしまえば、月也は学費を受け取るしかなくなる。陽介にそこまでさせて、先生を目指しませんと言えるほど、彼だって心無い人間ではない。

月也については来年度、履修登録に教職課程を含めなかった時点で、陽介は休学する理由を失う。いや、後期日程にねじ込んだ単位を落とした時点だろうか。在学期間と学費が釣り合わない状況にされたら、休学しても意味がない。今のところ月也が、わざと休むような真似をしていないのは、陽介と似たような理由からだろう。

自分からは、目標を手放せない。

諦めるきっかけを相手に負わせて、応援することで、心を殺させようとしている。

（なんていうか、捻れてるなぁ）

互いの腹を探り合って、奇妙なバランスを保っている。あるいはこういう関係が、互いに「逃げる」あり方なのかもしれない。

相手を想う。

自分から目を背ける。

何かもっと、スマートなやり方があるのかもしれない。部屋の外、他人が観測すれば、二人のやり取りは馬鹿げたものに映るのかもしれない。

でも、誰がそれを教えてくれるだろう？

（長引かせてる場合じゃないよなぁ）

月也がバイトに出掛けてしまった部屋で、陽介はカラーボックスの前に立つ。微かな雨音が聞こえた。乾燥しがちな初冬だから、恵みの雨と言えるのかもしれない。湿度は病気の広まりを抑える効果もあるという。

（もう、一週間しかないんだし……）

ずっと放ってあったクジラのエコバッグに手を伸ばす。今日はもう、十一月二十四日。あと一週間で十一月が終わる。後期学費の全額返還チャンスが失われる。

「覚悟決めなきゃ」

取り出した休学願い書類は、角がくしゃりと折れていた。保証人の文字を捉えた瞬間、雨音が強まった気がした。

誰が、保護者のふりをしてくれる？

（相川とか……）

あるいは、横沢なら協力してくれるかもしれない。電話番号を借りて、そのうち大学から連絡が行くから、口裏を合わせてくれ、と。

（私文書偽造だって犯罪だから）

陽介は大きく息を吐き出して、休学願いをエコバッグの中に戻す。

保護者のふりをして書類を作成することは、れっきとした犯罪だ。軽微過ぎて前科も残らなそうなレベルだけれど、罪であることに友人らを巻き込んでいいわけがない。まして同じ大学なのだから、懲罰対象にされてしまっては困る。

犯罪の片棒を担がせるのにちょうどいいのは——

陽介はもう一つ息を吐き出して、窓辺の座椅子に座り込んだ。立てた右膝の上で両手を組んで、窓の向こうに降る雨を眺める。

（ある意味では、僕も変わってたんだな……）

組んだ手の上にもたれかかった。

この部屋に——月也のもとに来た理由は、彼を犯罪者にしないためだった。親殺しの完全犯罪など邪魔して、自殺もさせない。そのために「理系探偵」なんて真似まで始めさせたというのに、今、自分は何を考えている？

――共犯者にできるのは、月也だけ……。

遠雷の夜に、示談金詐欺を働いた仲だから。自分のために彼を利用して、犯罪者にしたくないと言った口で、月也を犯罪者にしてしまった。

「あぁ……」

言葉にならない感情は、雨音に変わっていく。雨音は記憶を連れてくる。あの時もこんな、優しく冷たい雨だった。

数えで五歳だったから、四歳の十一月。

七五三で訪れた三野辺神社。拝殿の階段に、月也がぽつんと座っていた。

（あの時からもう、前髪鬱陶しかったなぁ）

小雨の中、彼が何をするために神社に来たのかは分からない。あの時の会話は、幼すぎて覚えていない。

陽介の中に残っているのは、写真のような断片的な一枚絵だけだ。

一緒に千歳飴をなめた。

（見つける前から知り合いではあったんだよな）

狭い田舎町で育ったのだから当然だ。歳も一つしか違わなかった。小学校に上がる前から関わりはあった。

（「桂」と「日下」だからなぁ……）

町の強さと発展の象徴たる「桂」と、平穏と持続の象徴たる「日下」だったから、祭りに奉納される神楽（かぐら）のようにワンセット扱いされることもあった。けれどそれは、町民の視点から見た場合だけだ。

月也との間には、幼い頃から距離を感じていた。

前髪に隠れがちな瞳に「痛み」があるような気がして、ふれていいのか、近付いていいのか分からずにいた。

（あ。あの飴って……）

今だからつながった記憶がある。一緒に千歳飴を食べておいで、と言ったのは父だ。宮司と話している横で、陽介が退屈そうにしていたから追い払うことにしたのだろう。月也を気にかけたのは、出生について知っていたからに違いない。

まして七五三の頃、月也は五歳。義母に刺し殺されそうになって一年ほどしか経っていなかった。その事実を、日下の父が知らなかったとは思えない。

（僕はずっと、何も知らなかったんだよな）

本人はうまく隠しているつもりになっている、瞳に宿る薄暗さの意味を、ずっと知らなかった。嫌われているということだけは感じていた。

成長するにつれて、陽介も抵抗を抱くようになった。同じく家に囚われた血筋であることが、共感よりも反発を生んだ。

それでも「目」だけは見続けていた。

誰も気づいていないらしい、薄暗い光の意味だけは気になっていた。好奇心とも言えたかもしれない。安心感でもあったかもしれない。

その目がある限り、「日下」として好かれることはない。

誰も信じようとしていない、死んだような目をしている限り、彼は人と関係しようとしない。煩わしい人付き合いをしなくてもいい、薄っぺらい心地よさを維持できる。

そう、思っていた。

放火魔の夏に、世界がひっくり返るまでは。

（あれから僕の世界は先輩ばかりだ）

月也の世界が平穏であることを願っている。いつまでも、生き続けてくれることを願っている。そのために、彼に先生になってもらいたい。見つけた生きがいを手放さないでほしい。

（先輩がねだってくれたら楽なのに……）

ため息がくしゃみに取って代わられる。十一月の窓辺は、ぼんやりと座っているには寒すぎた。

身震いして立ち上がり、陽介はキッチンに向かう。何を飲むか決める前に、流れ作業のようにやかんをコンロに載せた。

（結局、スリッパ買ってないいな）

爪先の寒さに思い出した。

あの日はテキトーに服を眺めて、値札に驚いて逃げ出した。駅ビルは場違いだと外に出て、北風の強さに夕飯の話になった。月也がシチューを食べたいと言い出すから、スーパーに向かって、その時にはもうスリッパのことは忘れていた。

（ニンジン、星型にすると喜ぶんだよな）

口では何も言わないけれど、目を見ていれば分かる。クリームシチューに浮かぶオレンジ色の星を、大切そうにすくっていた。

子どもっぽい、と言われそうなことを好むのは、幼少期の反動なのだろう。

子どもらしく生きられなかったから、ここという「家庭」でやり直している。

（甘党なのは頭脳労働のせいもあるのかな）

砂糖の入っていないコーヒーは飲めない。逆に甘すぎるものを好まない陽介は、今日もブラックコーヒーを片手にこたつに潜る。電気代節約のためにオフのままだけれど、布団があるだけで暖かかった。

安っぽいインスタントコーヒーをすすって、テレビを点けた。

三日ほど前にＧｏＴｏトラベルもイートも見直されてしまったというのに、昼下がりのワイドショーは、変わらずお出掛けスポットを特集していた。

（イルミネーションか……）

新型感染症を警戒し、人混みを作らないために中止したところもあるようだ。実施するエリアも、行政からの指示で、二十二時には消灯になるという。

（行ってみたいな）

月也と――当たり前のように思い浮かべることがおかしかった。一人でくすくす笑っているると、天板の隅でスマホが震える。灯ったお知らせランプの色は赤だ。

（依頼……）

時短節約お料理コーナーに変わったテレビを気にしつつ、陽介は、理系探偵が登録されたスキルサイトのアプリをタップした。

【ニックネーム　折り鶴さん】
前略　理系探偵さま
はじめまして、折り鶴と申します。本名ではないお手紙というのは、かえって恥ずかしいものなのですね。スマートフォンを手にして日も浅く、不慣れなため、読みづらいことがありましたらごめんなさいね。

（ものすごく丁寧だ！）

陽介もまた、SNS慣れしていたようだ。最後に目にしたのがいつかも分からない「前略」という言葉に、妙に感動してしまった。

（スマホにしたばかりってことは、年配の方なのかなぁ）

冒頭数行に、つい、人物像を思い浮かべる。この先入観が仇となることもあると自戒しつつ、陽介は読み進めた。


何からお話しすれば、分かりやすくお伝えできるでしょうか。

身の上話で恐縮ですけれど、私は今、古くなった団地に一人で暮らしております。この場所に暮らし始めた頃はまだ若く、四階への上り下りも苦ではありませんでしたが、今ではすっかり億劫になってしまっています。

それでも、毎日の散歩を欠かさないようにしていました。私が動けなくなってしまっては、遠くで暮らす娘夫婦に迷惑が掛かってしまいますから。


(あー……)

これは、あまり得意ではない話だ。頭が拒否しようとする中、陽介はなんとか最後まで目を通した。スマホを置くと、テレビを消してキッチンに向かった。

(今日はミルクレープにしようかな)

安売りされていた生クリームと、マーマレードを層にして、さっぱりと仕上げよう。生クリームにヨーグルトも加えれば、いっそう爽やかにできるかもしれない。

まずはクレープ生地から、と泡立て器を握ったところで陽介は眉を寄せた。

(やっぱり「考えない」は難しいなぁ)

料理時間はむしろ、考え事に使ってきたから尚更だ。折り鶴からの依頼文で引っ掛かりを覚えてしまった部分が、思考の片隅で存在を主張している。

——娘夫婦に迷惑が掛かってしまうから。

かつての親子は、今では他人なのだ。その善し悪しについて、陽介は意見を持つつもりはない。折り鶴が決めたことに口出しするのは違うからだ。

ただ、ひどく個人的な感想として、いいなぁと思ってしまう。

（家を継ぐ、か……）

親が期待していなければ、子が自由にできる。親が期待していても、子どもは自由にしていいはずだ。分かっているのに、胸の底にタールのようなものが沈む。

自分が「日下」を継がなかったら——

あの町でも高齢化は進んでいる。一人暮らしの世帯も増えてきている。けれど、そこに孤立がないのは、農業がつないでいる面があるからだ。

誰々さんの山に枝切りを手伝いに行く。収穫を手伝いに行く。農薬散布は相談して計画的に行うし、田んぼの水も管理する。

田畑で見かければ声を掛け、自作の農作物を自慢げに届ける。

子どもらの登下校に、保護者が同伴することもない。ほっかむりをして歩いているおばあさんがいれば、充分に交通指導員と変わらない。子どもたちも分かっているから、平気で道を逸れ、遊びながら帰っていく。

牧歌的な日常に「日下」は必要ない。同じ農家の一員として、平和な状態を記憶しているだけだ。

動くのは、調和が乱れた時。

いつも手伝ってくれるあの人が、どうにも最近付き合いが悪い。収穫量が合わない。寄り道した子どもの帰りが遅すぎる……「町」を把握しているから「日下」は素早く対処できる。初動が遅れないから、被害が最小限に留まるのだ。

時には、町を乱す不穏の芽を摘み取ることもする。

月也の出生について秘匿したように……。

（一番多いのは世間話だけど）

日下の縁側によく見た光景だ。

ふらりとやってきて、ふらりと帰るおじいさんやおばあさんたち。父に絡むようについてきた学生もいたし、談笑しているだけの同世代もいた。

あの意味も、今なら分かっている。

——ただ、話し相手がほしい。

（あの講義はキツかったな……）

陽介に「日下」の意味を見せつけてきた地域社会の授業は、家庭科だけではなく、社会科との共通科目だった。過疎化やらIターンやらUターンやら……空き家問題に、リタイア後の移住問題。卒業必須単位でなかったら逃げ出したくなる内容の授業最終日に、老いた教授がぽつりとこぼした雑談だった。

ただ、話し相手がほしくなることがある。

飲み友達でもいい。一緒に飲まないか、という冗談で教授は終わらせたけれど。あの時の目は偽りなく寂しげだった。

あの「目」をさせないことが、「日下」の真の役割だ。

自ら動いて相談に来てくれる人は当然のこと。内に抱え込み、誰にも気付かれることなく追い詰められている人に声を掛け、寄り添う。そうすることで「何か」は起こることなく、町が平穏を維持し続ける。

だから、「日下」がいなくなれば、町は緩やかに衰退するだろう。町民たちの考え方が変わり、自身の力で解決しようとする意志を持たない限りは。

（別に、あの町がどうなったって、僕は……）

フライパンを火にかける。同居に合わせて月也がプレゼントしてくれた鉄のフライパンは、充分に予熱することが、上手に焼くためのちょっとしたコツだった。

（折り鶴さんも、たぶん……）

フライパンに生地を垂らし、陽介はそっと息を吐く。調理はやはり思考を刺激する。何も考えないことは、きっと、一人の部屋では不可能だった。

（本当は、話し相手がほしいんだろうなぁ）

丁寧過ぎる文章は、ネットに不慣れな世代だからでもあるのだろう。だとしても、身の上から語り始めるのは喋り過ぎだ。初対面の素性も分からない相手に、ましてや仕事を依頼しようという相手に、そこまで自分をさらけ出す姿には違和感がある。長すぎる依頼文からも、事件解決を求めること以外の心理を想像できた。

誰かと関わり合いたくて。

誰もいない部屋で、ぽつぽつとスマホに言葉を落とす。

そこには、新型感染症の影響もあったかもしれない。ますます人と関わり合いにくくなった。話し相手を求めることが難しくなった。

離れた娘夫婦に、会いたい、と言うことができなくなった。

あなたのために、会えない、と言うこともできるようになった。

(一人ぼっちなのかな)

折り鶴の部屋を考える。小さなこたつに当たって、たどたどしく操作するスマホ。何かのきっかけで見つけた理系探偵に、話を聞いてもらいたいと思ったのではないか。

(空想が過ぎるな)

月也がいたら、たっぷりと呆れを込めて鼻で笑ってくれただろう。早く帰って来てほしいと我儘を抱きながら、十枚目のクレープを焼き上げる。

冷ましている間に、月也に依頼があったことを伝える。いつもはトークアプリにコピペしていたけれど、今回は長すぎた。ブラウザ版の方から確認するようにと添える。

【でも。通話にした方がいいように思います】

【陽介がそう思うなら】

【なんで】

【なんで？】

答えられずに、陽介はスマホをトースターの上に置く。ヨーグルト風味のクリームを作るために、材料を冷蔵庫から取り出した。

（なんでって、なんで？）

生クリームを立てながら、軽く混乱した。

月也の言葉に反射的に返していた。そこに意味があったのかも、スマホを手放した今では分からない。入力していた瞬間にも、分かってはいなかったのかもしれない。

それでも、ざらりとした不安の手触りは感じられた。

泡立て器を握る手を止め、陽介は親指の傷痕に視線を落とした。何かがおかしい。輪郭をつかめないのは、言葉にはできないグラデーションだからだろうか。

（先輩……）

戸惑っていると、トースターの上でスマホのバイブレーションが響く。びくりと肩を震わせ、陽介はメッセージを確かめた。

【明日、十時まで】

それまでは時間があるという。陽介はあえて、陽気に踊るハリネズミのスタンプで「OK」を示した。

折り鶴に、月也の時間に合わせたスケジュールを伝えた。音声通信による相談をしようという提案を、折り鶴はとても喜んでいた。

(やっぱり、話をしたかったんだ)

過ぎた空想だと思っていたことが、事実に変わったことを喜ぶ気持ちになれないまま、クレープにマーマレードを塗る。そこにヨーグルト風味のクリームを重ね、クレープを載せ、マーマレード、クリームと層を増やす。仕上げにマーマレードを塗って、ミルクレープは完成した。

(ミントがあればよかったなぁ)

中央に飾ったら、いいアクセントになっただろう。シンプル過ぎる色合いのミルクレープを冷蔵庫に仕舞うと、また、スマホが騒ぎ出した。

「どうしたんですか、先輩」

『休み時間になったから、なんとなく』

「え。じゃあ、文字入力は仕事中にやってたってことですか?」

『世の中には知らない方がいいこともあるんですよ、陽介くん』

ふふん、と月也ははぐらかす。こんな不良バイトでもPCR検査センターでは重宝されるというのだから、パンデミックの脅威は相当なものなのだろう。

「せっかくの休み時間、僕なんかに使っちゃっていいんですか」

『どうせタバコ吸うだけだし。俺人付き合い悪いから、陽介が相手してよ』

「共田さんは一緒じゃないんですか？」

喫煙できる喫茶店を教えてくれたくらいだから、彼女もよく吸う方なのだろう。人付き合いの悪さを自覚しているなら、職場の知人との関係から改善してみればいい。思っていると、ひゅうっと煙を吐く息が聞こえた。

『休み時間ズレてるし。別にそこまで親しくねぇし』

声が拗ねている。陽介は少しだけ笑ってこたつに向かった。飲み残したコーヒーがすっかり冷めていた。

「分かってます。僕を心配してくれたんでしょう？」

『悪趣味だな。分かってんなら最初から感謝しろよ』

すみません、と陽介は冷えたコーヒーをすする。酸化してしまったらしく、舌触りの悪い雑味が生じていた。

「ただ、僕もちょっと、何が『なんで』なのかさっぱりで……」

『考察する？』

「時間、大丈夫ですか？」

『いざとなったら腹痛で個室こもるから、ノープロブレム』

ケラケラと月也は笑う。耳のすぐそばで鼓膜を震わせる音声だけで、もう充分落ち着けた気がした。だからこそ、考察に向き合えるのだ。

『「陽介がそう思うなら」って文面が気に食わなかったわけだよな。一応言っとくけど、他意はねぇよ。お前がそう思うなら、その方がいいんだろうなって』

「はい。それは分かるんですけど……だから、なのかなぁ。なんかこう、先輩に決められてしまったような、なんかこう……」

ふわっとしたことしか言えず、陽介は口を尖らせる。こんなあやふやでは、月也を個室送りにしかねない。

申し訳なく感じたけれど、月也の声は軽かった。

『ああ……我思うゆえに我ありって言いたいわけだ、陽介は』

「なんで急にデカルトなんですか」

『哲学だねぇってことだよ。自分の意見に対する賛同に反発したくなったわけだろ。それってたぶん、最終的に「自己」を決定したのが他者になったように感じたからじゃねぇかな。自分で考えたことなのに、他人の同意があって納得した自分への怒りっていうかさ』

陽介はパチパチと瞬く。ぱっと眼鏡の曇りが晴れた気がした。

「僕は、自分に怒ってた……」

『仮説と言っていいかも分かんねぇ空論だけどな。「心」は簡単に、科学を近付かせてくれねぇから、答え合わせもできねぇし』

また、ひゅうっとタバコの煙を吐く音がする。それだけで、ここにはないにおいを思い出せた。

こたつにいることが場違いに思えて、陽介は部屋の向こうのベランダに目を向けた。変わらず、静かな優しい雨が降り続けている。雪になる可能性がちらとも浮かばないのが、ここととあの町との違いだった。

『それでも、一生懸命に知ろうとして考えられているところによれば、そもそも「自他の境界」からして曖昧だからな』

「でも。僕と先輩との区別はちゃんとつきますよ？」

『まあねぇ。それがややこしい話でもあるわけだけど。感覚的にはもう、お前は分かってると思うけどな。自分で言ってたじゃん、「僕はここにしかいない」って』

「……………」

それは「僕」という、素の自分をさらけ出せるのが月也の前だけだからだ。演じる必要のない自己が、本当のアイデンティティだとするなら、月也と一緒の時にしか自分はいないというのは誤った言い方ではない。

けれど、そうすると、それ以外の「自分」は何になるのか……？

『「心」の定義が曖昧過ぎるから、「記憶」とか「感覚」とか、たぶん心に必要なんじゃないかって思われる要素について考えるしかないんだけど。それ故に本質に迫れないって問題点は、今は棚上げするとして……記憶なんかは脳にあるだけじゃないんだ。外部に保存している記憶って結構あるんだよ』

例えば、スケジュール、と月也は雨のように静かでハスキーな声で語る。

メモ帳でもスマホでもなんでも構わない。自分ではない外の物質に、忘れてはいけないことを書いて残しておく。そうすると、すっかり自分では忘れていても、文字によって思い出すことができる。

『今の時代なんかは、ものすごい情報量が外部に記憶されているとも考えられるよな。知りたいと思った時、ちゃちゃっと検索すれば出てくるんだから』

「それはあくまで情報であって、記憶とは違うんじゃないですか?」

『じゃあ「記憶」って何?』

え、と陽介は眉を寄せる。

「……経験、でしょうか」

『陽介の考える「経験」って?』

ふらふらと視線をさまよわせ、陽介は冷めたコーヒーをすする。甘みがないことが不満に思えて立ち上がった。

「僕の考える経験は……実際にふれたことがある、って感じでしょうか。『体験』という方がイメージが近いかもしれません。以前に関わったことがあって、それこそ『心』が動いた経緯も含めたものって感じで。だから、ネットワークや図書館にあるような、未体験の情報を記憶とするのは、なんか抵抗があります」

『つまり、陽介にとって経験に必要なもんは「感覚」ってことだな。「五感」って言った方が親切か。手触りだとか味だとか、情動も含めた複雑な情報が記憶ってわけだ』

「まあ、そうなるでしょうか」

『でもさ、それこそ不思議だと思わねぇ？　感覚ってのは自分の外と関係した時に発生するわけじゃん。外、つまり「他」があって成立するってことは、「自分」は「自分以外」によって浮き上がってくるとも考えられるわけで』

やかんがカチカチと、小さな音で沸騰を告げる。陽介は多めの砂糖とインスタントコーヒーが入ったマグカップに、お湯を注ぎ入れた。

『つまりさ』

こたつに戻りながら、陽介はコーヒーをすする。耳に響く月也の声と同じくらいに、甘みと苦みが混ざり合っていた。

『自分を決めた自分以外にイラっとしたっていうのはさ、反抗期ってことなんじゃねぇかな。世界に対する反抗期』

「反抗期……」

『俺は別に気にしねぇよ。陽介とのデコヒーレンスが成立しなくなっても。陽介が陽介らしくあってくれるなら、むしろ新世界に挑む姿を見たい』

「……」

心の中の芽が揺れる。陽介は天板にマグカップを置くと、ベランダに向かった。建て付けの悪い窓を開ければ、風に飛ばされた小雨が眼鏡のレンズを濡らした。

『陽介。気付くことを恐れないで』

季節を終えた紫陽花の葉が落ちるように、あっさりと通話は終わる。陽介はスマホを左手に持ち替えて、雨の中に右手を伸ばした。

傷痕を雫が伝う。

それがそのまま、心の中に降るようだった。

（また、先輩は……）

どうしてこうも、芽を育てるのが上手いのだろうか。犯罪者志望として、負の感情を煽り、揺さぶり、膨らませることをしてきたからだろうか。詐欺を働くにも人の心を分かっていなければ成功しない。「心」を見る観察眼が鍛えられているのだろう。

だから、彼の言葉を真に受けては――違う、と陽介はため息をついた。

そんな作られた言葉ではないから、こんなにも泣きたくなるのだ。生きることを決めた彼が、懸命に紡ぐ言葉だから、こんなにも優しいのだ。

好きに生きろ、と叫んでいるから痛いのだ。

（先輩。気付くと傷付くんですよ）

陽介は、雨に濡れた右手を握りしめる。

これ以上休学を先延ばしにしていたら、月也の言葉に溺れてしまう。明日、折り鶴の依頼が終わったら、保証人偽造をお願いしよう。強い意志を見せつけて、断ることができないくらいの、迫真の演技で。

「僕こそ、先輩が生きる世界を見たいんです」

死でも罪でもない、新しい生きがいに輝く目を見ていたいのだ。

十一月二十五日——

陽介はいつもより一時間早く起きて、クッキー生地をこねた。少しでも月也のご機嫌を取ろうという打算だ。シンプルな星型のバニラクッキーは、たぶん、月也に初めて持っていったお菓子でもある。

(科学部時代も色々作ったからなぁ)

何が一番目だったかは、正直曖昧になっている。無駄に記憶力のいい月也なら、放火魔の夏のすぐあとに、陽介が持っていったスイーツがなんだったか覚えていることだろう。

「あとは、お弁当と朝ごはん」

クッキーを焼き始めると、陽介は食事の準備に切り替える。玉子焼きとタコさんウインナーは必須だ。おにぎりの具はおかかを一番気に入っているらしい。

(鶏としめじをソテーして、電子レンジで小松菜のおひたし作って……)

ひたひたと、陽介は裸足でキッチンを動き回る。包丁とまな板が立てるリズムにつられたように、月也がふらりと入ってきた。

「おはよう。早くね？」

「おはようございます。クッキーを焼きたい気分だったので」

ふぅん、と月也はオーブントースターの中を覗き込んだ。あくびをこぼす横顔は、何かを察しているようにも、何も気付いていないようにも見える。

「星って言えばさ」

「はい」

「例の迷子。この前駅ビルでちらっと見かけたけど、マジでベビーカー押してた。母親なんかオロオロ付きまとってて、あれなら迷子になんねぇな」

「自画自賛？」

　ふふ、と陽介は笑う。迷子だった少女に、迷子にならないためのアドバイスをしたのは月也だ。照れた様子で「うるせぇ」と呟いた彼は、お決まりの冷蔵庫に寄り掛かった。

「なぁ、陽介。今日の依頼、いつも通りの俺たちで対応してみねぇ？」

「いつも通りって……先輩が俺で、僕が僕」

　下味をつけた鶏むね肉をフライパンに入れる。きゅっと縮まる肉の表面のように、陽介の心も微かに縮んだ。

　先日の女子中学生に対しても、ある意味では素の自分で接していた。けれど、あれはそれがまた演技とも言えた。今の月也の提案とは違っている。

　今度は、本当に「いつも通り」に接してみようというのだ。それは、二人きりの観測の終わりを意味しているようにも、陽介には感じられた。

「陽介が嫌だってんなら、俺はぼくで構わねぇけど」

「いえ……少し驚いただけです。先輩の変化速度に」

「変化速度なら、たぶん、年間で約３・８センチメートルだろうな」

「なんの話ですか、急に」

陽介はフライパンにしめじを加えて首を捻る。クッキーが焼き上がりを告げると、冷凍保存しておいた小松菜と油揚げを耐熱ボウルに入れ、電子レンジにかけた。

「月と地球の距離」

常識と言いたげに、月也は語り始めた。

「月は地球から、毎年約3・8センチメートルずつ離れていってるんだよ。原因が、月がもたらしている潮汐力(ちょうせきりょく)。潮の満ち引きで海水と海底との間に摩擦が生じるんだけどさ、摩擦ってエネルギーだから、地球の自転速度を奪ってるわけ」

「えっと……地球の自転って遅くなってるんですね」

「エクセレント。そしてここで、角運動量保存則ってのが登場します」

う、と陽介は眉間のしわを深くする。物理の世界には何かと「保存則」が現れるような気がしながら、小松菜を取り出した。めんつゆで味を調(ととの)える。

「ざっくり言えば、地球と月という系の角運動量は変わらないってわけで。地球の自転速度が遅くなった分、月の公転速度が速まるんだ。すると軌道が膨らんで、月は地球から遠ざかる」

「へぇ……」

半分ほど聞き流しながら、陽介は玉子焼き用フライパンに卵液を注いだ。甘党ではあるけれど、甘い玉子焼きを好まない月也のために、塩昆布で味付けをしている。

「つまりさ、なんらかの系があった時、一つだけが変化するってことはねぇんだよ。俺が言いたいこと分かる？」

「……まあ」

「じゃあ、タバコふかしてくる」

ひた、と月也はキッチンを出て行った。陽介は菜箸の先を見つめる。彼の例えは相変わらず物理を交えるせいで難解だけれど、言いたいことは単純だ。

一緒にいるのだから、二人とも変化している……。

（分かりたくないんだけどな、僕は）

生きてほしいと願って、生きるという変化をもたらした。そこまででよかった。一方の変化が一方に及ぶなどということも、運動量が保存するということも、知らないままでいたかった。

気付きたくないから、陽介は考え方の視点をずらす。

（先輩、充分生徒指導できそうだよなぁ）

生徒指導論など習ったこともないだろうに。理科を持ち出し語る姿は、もう充分に先生らしかった。

説得力は、彼が理科によって救われてきたという実体験に根差している。生き方を理科にゆだね、理科を愛している人が、理科を使って伝えようとしているから真実の言葉として響くのだ。

「強すぎるでしょ」

作り忘れていた味噌汁を手早く作りながら、陽介は、羨望と諦観を混ぜ合わせたような息を吐く。あんな先生に出会ったら、子どもはきっと理科好きになる。

自分自身がそうだったのだから……桂月也は教員になるべきだ。

(僕は大丈夫)

心の中に揺れる芽に背を向けて、陽介は居間に朝食を運ぶ。

観測しなければ痛くもない。足元の芽などなかったことにして、地平線から昇る月を眺めていられればいい。何者にもなれなくても、家族にもなれなくても、なんでもないとしか言い表せない関係があれば——願うことができなかったのは、どうしようもなく分かっていたからだ。

世界は変わる。

望む通りではないとしても、変わり続ける。新型感染症がもたらしたように、突然かもしれない。緩やかに、気付かないうちに変わっていくのかもしれない。

「——いただきます」

すっかり思考の沼に落ちていた陽介は、こたつの向こうの声にハッとした。箸を持ったまま両手を合わせる月也に、思わず笑った。

「なんだよ」

「いえ。先輩もちゃんと『いただきます』言えるようになったんだなぁって」

「お前がうるさかったんじゃん。命を頂いているって感謝を忘れるなってさぁ。食べることは生きることの基本だとかなんとか、毎回説教されてたら言えるようにもなるって」

「そんなこともありましたねぇ」

あはは、と陽介は明るく振る舞う。声はどうしようもなく胡散臭かった。月也は弁当箱に入り切らなかった玉子焼きを、一気に口に放り込んだ。

「そういうとこも、陽介が俺の『家庭』ってことなんだろうな」

「……口に入れたまま喋らないでください」

「はいはい」

「だからぁ」

少しの打算と、素直な楽しさと。痛みも喜びもグラデーションを描きながら、朝ごはんが終わる。折り鶴との通信相談に合わせて淹れたのがカフェオレだったのも、その影響かもしれない。

苦みと甘みと、ミルクがもたらすほっとした安らぎと。

混ざり合う形を答えにできたら楽なのかもしれない。料理はそうして調和していけるのに、人は――生き方の軸のようなものは、時として、はっきりとした一つを求めてくる。

覚悟を決めなければならない瞬間が、どうしたってやってくる。

――八時三十分。

折り鶴からの着信にスマホが光る。

陽介は、これが終わったら考える時間も終わりだと、カウントダウンを始める気持ちで応じた。

『おはようございますぅ。ちゃんと声は届いているかしら？』

こたつの中央から響く折り鶴の声は、西のイントネーションを含んでいた。東北の訛りでないことが、奇妙な安心感をもたらした。

「おはようございます。声は大丈夫です」

サウンドオンリーであるのをいいことに、月也は頬杖をついて答える。「いつも通り」に振る舞うからといって、初対面の目上の人を相手に、ため口で横暴に語り始めるほど無神経ではなかった。

「依頼文は拝見していますけど、正直、論点があちこち飛びまくっていて途中で断念するレベルでした。折り鶴さんに何が起きていて、何に困っていて、どうしたいのか。整理して発言してくれると助かるんだけど」

『あら、ごめんなさいねぇ。そうね、困ってはいないのよ、たぶん。だって犯人は分かっているんですもの。私の家にね、小さな郵便屋さんが来てくれているだけって』

うふふ、と折り鶴は笑う。月也は傾けたマグカップの中に、不愉快そうな息を吐き出した。だから分かんねぇんだよ、と呟く声が陽介には聞こえる。

眉を寄せる月也に代わって、陽介は依頼文を思い出しながら微かに笑った。

「小さな郵便屋さんって、確か、公園で親しくなった女の子でしたよね」

『あら、お一人ではなかったのね』

「はい。僕は助手ですから、頼りないかもしれませんけど……お手紙をくれるなんて素敵な子ですよね。どんな女の子だったんですか？」

『とっても可愛い子よ。うちの孫と同じ三歳くらいかしらね、うちは男の子だけれど。ママに髪を結ってもらうのが好きだって教えてくれたわ。あとねぇ、パパに数字を教えてもらっているところなのって、砂に書いて見せてくれたりしたわねぇ』

折り鶴の声からは目尻に浮かぶしわが見えるようだ。微笑ましさに満ちたのんびりとした語りは、依頼文にも表れていた。

だから陽介は「世間話」だと思ったのだ。話をしたいだけだ、と。

「数字に、折り鶴さんはひらがなを書き加えたんでしたよね」

『そうそう。1に「ひ」、2に「ふ」、3に「み」ってね。女の子ったら、数字ってわたしみたいなのねって、とっても喜んでくれたのよ』

数え歌のように口にして、折り鶴は嬉しそうに話す。事件性の感じられない雑談にうんざりした様子で、月也は星型のバニラクッキーをつまんだ。

――俺、いらなくない？

前髪に隠されがちの目が、どんよりと曇っている。陽介は左右に首を振った。今行っているのは、思い付き次第に飛んでいた依頼文の要点整理だ。

ここから、事件は浮かび上がる。

「4に『よ』を教えたところで、折り鶴さんは足を怪我されたんでしたっけ」

『そうなの。階段で転んでしまって……それですっかり、公園がご無沙汰になってしまったのよ。健康維持のための散歩だったのに、これではいけないわねぇ。でも、一度動けなくなってしまうと億劫で。女の子にも会えなくなってしまったわ』

「残念でしたね。せっかく仲良くなったのに」

『ええ。でも、一週間くらいたった頃だったかしら。ドアにお手紙を貼ってくれるようになったの。折り紙に、パパから教えてもらった数字と、私が教えたひらがなを書いて。可愛らしいシールで留めていってくれるのよ。毎週土曜日の定期便なの。きっと、公園で会っていた曜日を覚えていてくれたのねぇ』

「拝見しました。依頼文に写真まで添えてくださるなんて、折り鶴さん、充分スマホ慣れしてると思いますよ」

『あら、ありがとう！』

ふふふ、と折り鶴はまんざらでもない様子だ。そんな彼女が添付した女の子の手紙は、さすがに月也も奇妙に思ったのだろう。自身のスマホを取り出すと、ブラウザ経由で確認を始めた。

【23　よ
14】

クレヨンで書かれた文字は、まだバランスが取れていない。それがいっそう健気で愛らしく、おばあさんはお礼をドアに貼り付けるようになった。

『女の子はまだ文字が読めないかもしれないから、小さな袋にお菓子とか折り紙を入れておくのだけど。そんなちょっとしたやり取りでも、一人じゃないと思えて幸せになれるものなのねぇ』

　折り鶴はのほほんとしている。陽介はカフェオレをすすると、こたつの向こうの月也をまっすぐに捉えた。

「事件のにおいがするでしょう、先輩」

「ああ。しかも流行りのヤバめのだな」

『え。どういうことかしら？』

「あんたもさ、薄々事件性を感じたから依頼したんじゃねぇかな。何かが不可解だけど、それをまだ見極められていない。依頼文みたいに思考がとっ散らかっているから、警察に相談することもできない。そういう意味じゃ、俺たちを選んだのはエレガントな判断だ」

　曇っていた月也の瞳に光が差す。合わせて敬語が消えたのは、陽介との会話のノリにつられただけかもしれない。

「まず確認するけど。折り鶴さんの家はオートロックじゃねぇな」

『ええ。もう四十年以上前に建てられた古い団地よ。当時は最新で、狭いながらに憧れて住み始めたの。主人なんて、ああ、もう五年も前に亡くなってしまったのだけど――』

「四階に部屋があるから、上り下りが大変なんですよね」

横道に逸れる折り鶴を遮って、陽介は見えない相手に微笑みかける。『そうなのよぉ』と折り鶴は短く息を吐き出した。若い頃は何も考えていなかった、と後悔を示す。エレベーターという発想すらなかった、と。

「その部屋を、女の子に教えた覚えは？」

『ぼんやりとは言ったかもしれないわねぇ。あの四角い建物の四階よって。公園から見える位置ではあったの。でも、たぶん……あら？』

折り鶴も奇妙さに気が付いたようだ。陽介と月也は視線を交わし頷き合う。

「家の場所もはっきりと分かっていないはずの女の子が」

「あなたの家に手紙を届けられるはずがないんです」

では、どうやって女の子は折り鶴の部屋を知ったのか。その点について考えられる仮説は、女の子が知ったのではなく、保護者が知ったというものだ。三歳くらいの女の子であれば、一人で出歩いているとは考えにくい。土曜日にばかり会っていたのも、保護者の仕事の関係だろう。

「少なくとも親には、自分の名前くらい教えてあったんだろ？」

『え、ええ……ちょっとしたことでも事件にされる時代ですもの。マスクのせいで顔も分かりにくいですし、苗字だけではあったけど伝えておいたわ。その方がママさんも安心すると思いましたし』

「それを踏まえた上でも飛躍した仮説だけど。保護者は不審人物を目撃したんじゃねぇかな。女の子と一緒の時に。そいつが入っていったのが、女の子に覚えのある団地——折り鶴さんの家の辺りだった」

「心配に思った保護者は、あとをつけたのだと思います。新型感染症の流行以来、あえて在宅時を狙った窃盗事件が増えているようですから」

訪問盗と呼ばれる窃盗は、電気やガス業者などを騙(かた)って堂々と侵入する。中には、新型感染症の調査として入り込んだ例もあるようだ。

狙われやすいのは、高齢者の一人住まい。

折り鶴は、餌食となる可能性が高かった。

「そうして保護者は、あんたの表札を見つけたんだ。お喋りなあんたが事件性のあることは何も口にしないってことは、その時は団地全体で何も起こらなかったんだろう」

「保護者は、下手に騒ぎ立てることではないと判断したのかもしれません。でも、女の子は心配だった。だから、自分が持っている知識で、注意喚起のお手紙を書いたんです」

数字とひらがなを使って。

しかしながら、折り紙とクレヨンを使ったたどたどしい手紙は、誰にも内容を理解してもらえなかった。おそらく保護者ですら、最近会えないおばあさんにお手紙を運んでいるだけだと、不審人物のことはすっかり忘れている。

「三歳だからって舐めてたんだろう」

月也は舌打ちして、星型クッキーを口に放り込んだ。

彼が刺し殺されそうになったのは四歳。乳幼児期の一歳差はあまりにも大きいけれど、それでも、幼い子どもが大人が思っている以上には「利発」であることを、月也はよく分かっている。だから、子どもだからを理由にして、推理を歪めたりはしない。

『私は、そんな、あの子を馬鹿にしたりとかは……』

「ま、知識の限界で暗号になっちまってるのは確かだからな。読み解くにはちゃんと、子どもの目線にならなきゃならない」

まず「23」について。

「一桁の数字を覚えている途中の女の子なんだから、二十三を示していないってことは分かるだろ。これはそのまま『に・さん』と読めばいい。音を拾えば『にいさん』だから、不審人物は若い男性だったってことだろう。そこに加えられる『よ』は話し言葉みたいなもんだな。にいさんよ、注意してって言いたかったんだろう」

「『14』については……折り鶴さんは女の子の名前をご存じではないんですね。それもまた、現代的と言えるかもしれませんけれど」

むやみに名乗らない。自治体によっては、小学生が名札を付けて登下校することを認めていない。学校に置きっぱなしにして、校内でのみ使用することを指導している。

「折り鶴さんも仰ってましたけど。女の子は数字とひらがなが結びついた時、とても印象的な言葉を残しています」

——数字ってわたしみたいなのね。

「『わたし』ってのを表すとしたら、名前が考えやすいだろ。数字みたいな名前で、わざわざ手紙に『１４』を書き記したとすると？」

『ひよちゃん、だったのね。あの子』

　ああ、と折り鶴は声を震わせる。

『そんな……たった五文字の中に、あの子はそんなにもたくさんのことを詰めていてくれたのね。公園でちょっと会った程度のおばあさんに、そんなにも……』

「ええ。ですから、億劫でもまた、散歩を始めてあげてください。公園まで会いに行ってあげてください。そうしないと、ひよちゃんは折り鶴さんとお喋りできませんから」

『どうして？　家まで来てくれたのなら、一緒にお茶でも折り紙でも、なんでもしてあげるのに』

「忘れんなよ、今は感染症の時代なんだよ。公園ほどの風通しもない他人の家に、ずかずか入っていけるわけねぇだろ」

「それ以前に、ひよちゃんはずっと、折り鶴さんが体調不良だと思っているかもしれませんから。邪魔しないように、迷惑にならないように、手紙だけそっと置いて帰っているのだと思います」

『ああ、そうね。そうね……今度の土曜日は、部屋を出ようと思います。いつまでも閉じこもっていてはいけないものね』

　長々と感謝の言葉を連ねて、折り鶴は通信を終えた。

天板の真ん中で静かになったスマホを見つめ、陽介は口を開けなかった。月也もまた、何かを呑み込むようにカフェオレをすすった。

——終わってしまった。

あっけなく消えた感触だけがあった。

当たり前ではあった。何も知らない、あの町の住民でもない人が、俺でも僕でも、ぼくでもおれでも、気にするはずがなかった。

「……何してたんだろうなぁ」

呟いて月也が立ち上がる。差し出された手をつかんで、陽介もこたつから立った。ベランダに出ると、からりとした風が冷たく、心地よかった。

タバコの香りも、陽介の胸に深く沁みた。

「思えばさ、人称も口調も関係なかったよな、あの町でも。どんなポーズ取ってたって、結局みんな『桂』扱いで『日下』扱いだったもんな」

「ええ。見ないようにしていましたけどね」

月也は警戒されがちなところがあったし、陽介は問題とあらば気軽に呼び出された。作ったつもりの「壁」は、自分の行動が壊してしまっていた。

「でも……今度こそ先輩は、本当に『桂』ではなくなるんですから」

陽介はゆっくりと瞬いて部屋に戻る。

クジラのエコバッグから休学願い書類を取り出した。ボールペンを握りしめたまま、黒いアイアンテーブルに置いた。

「先輩」

迫真の演技などできなかった。月也に向けてボールペンを差し出す右手は、どうしようもなく震えていた。

「僕は、月也先輩が先生となる姿を見たいです。そのための手助けをさせてください」

「陽介……」

月也は加熱式タバコをオフにする。くたびれた灰色のスウェットに仕舞うと、陽介の手からボールペンを抜き取った。

保証人欄を書くことなく、月也はきつくペンを握る。テーブルを離れ、錆びた落下防止柵に背中を預けた。

「俺はさ、俺なりに伝えてきたんだけどなぁ」

喉を反らし、空の青さを憎らしそうに目を細める。

「陽介の真似してさ。恥ずかしくて言いたくないようなことも、言わなきゃ伝わんねぇって思って、できるだけ言葉にしてきたんだよ。ほんとマジ、くそ恥ずかしかったのにさ。その意味くらい分かるだろ」

「……はい」

「それで結局コレってさ。俺のしてきたことってなんだったんだろうな」

「……すみません」

「やっぱ、他人のメソッドだから駄目だったのかなぁ。俺は俺のやり方でやんなきゃ、お前には届かなかったのかなぁ」

陽介はもう、何も言えずにうつむく。休学願い書類の、折れた角を見つめ唇を噛んだ。

耳に、月也の深いため息が届いた。

「でもさ、俺のやり方だと傷付けるじゃん。そんなこと、陽介にはしたくなかったんだけど……」

錆びた柵が悲鳴のように軋んだ音を立てる。陽介の目には、書類の上にボールペンを置く、白く細い手だけが見えた。

「きっともう、信じてはもらえなくなるけど。せめてこれだけは覚えておいて。俺が陽介に伝えた言葉に嘘はなかったから。矛盾したことも言ったかもしれねぇけど、全部、本心で届けたかったことなんだ」

柄じゃないことばかりだった、と月也は笑う。きっとその目は、暗く、寂しそうにしている。見なくても分かることに、陽介は右手を強く握りしめた。

――ごめん。

十一月の終わりの風が、月也の微かな声を飛ばした。

「俺は日下陽介の観測者だったから、きっとお前よりも分かってるんだ。陽介が俺に向ける眼差しは、『日下』が町に向ける眼差しと同じなんだよ。視野を狭めて、俺をお前の世界にして逃げたつもりになったって、なんも変わってねぇんだよ」

「………」

「でも、おかげで俺は〈生きる〉って言えたんだよ。それだけでもう充分だから。俺は、陽介と一緒に生きたかった。でも、ここには『日下』しかいないんだな」

「………」

「今までありがとう、日下くん」

さよなら、よりもひどい言葉を残して、月也は部屋を出て行った。

陽介は、真っ白な気持ちで空を仰いだ。本当に痛い時には、涙は出ないらしい。乾ききった目に広がる青は、眩しすぎた。

――俺は、陽介と一緒だから生きようとしてんの。

――これだから「日下」はなぁ。

――あの「目」をさせないことが、「日下」の真の役割だ。

全部知っていた。

知っていたのに見ていなかった。観測していなかった。都合よく月也に逃げて、それで満足してしまっていた。

傷付きたくなかったから、傷付けなかった。

そのせいで、失ってしまった。

（言えばよかったのかな……）

僕は家庭科が「好き」だ。教員への船には自分が乗る。あなたにはあげられない。それでも、月也にも先生になってほしい。

二人で、何かできることを考えよう――

言えばよかったのかもしれない。何も方法が見つからなかったとしても、相手の目標を殺すことになったとしても、傷付けることから逃げなければ。

傷付くことから逃げないで、ちゃんと、関わり合っていれば。

気付くことができていれば……。

『部屋を出ようと思います。いつまでも閉じこもっていてはいけないものね』

不意に、折り鶴の言葉がよぎった。

それが、簡単な答えのように感じられた。

(ああ、僕らも「部屋」を出る時が来たんだ)

もっと遅いと思っていたけれど、その時が来ることは決まっていた。いつか部屋を出る。早まっただけのことで、想像よりも虚しい結果になっただけだ。

「雨だったらよかったのに」

呟いて、陽介は室内に戻る。

こたつの上、星型のバニラクッキーはたくさん余っていた。白いマグカップの中、カフェオレは三分の一ほど残っていた。

キッチンに、お弁当があった。

玄関に、月也のスニーカーだけがなかった。

*世界［せかい］宇宙の中の一区域

第5話　ブループリント

理科大学のフランス式庭園は、すっかり植物が枯れていた。光の花火によって色鮮やかに輝いていた生物学部棟は、のっぺりとしてつまらない白色だった。

たったひと月で、庭園は寂しい場所に変わっていた。

秋が終わっていた。

（マフラー……）

乾いた季節風が首元を冷やすベンチで、月也はぼんやりと缶のおしるこをすする。昼食の代わりに買ったものの、三口目で胃が痛くなった。せめてカイロ代わりにするとして、両手でつかんで飲み口を見つめた。

マフラーなど、持ってこられるはずもなかった。

モノクロの服ばかり選ぶ月也にしては珍しく、深い針葉樹の緑色をした毛糸のマフラーは、陽介が編んだものだ。編み物にハマった時期に彼自身のものとして編んだらしい。それを、寒そうだから、という理由で押し付けられたものだった。

（あれは高二の冬だっけ）

初詣などしたことがないと言ったせいで、夜中に連れ出された時だ。親は東京に行ってしまうから年越しは決まって一人で、蕎麦も食べたことがないと口を滑らせたせいで、年越し蕎麦と雑煮の具材を抱えて押しかけてきた。

（ホント、お節介な奴なんだから）

陽介の「介」はお節介に由来しているに違いない。そんなことを思って笑ってみようとしても、月也の口からもれるのはため息ばかりだ。

（どこで間違ったんだろうな……）

傷付けたくないと、最初に自分のメソッドを使わなかったせいだろうか。そんな最近のことではなく、もっと以前――科学部への入部を認めなければ、違う生き方をしていただろうか。

無意味な「もしも」を考える。

この宇宙ではない、どこか別の宇宙で、こういう出会いをしない二人がいれば……。

（俺なんて生まれなければよかったのに）

実母、日向望（ひなたのぞみ）と一緒に死んでしまっていれば、あらゆることが起きなかった。

清美は幼い子どもにナイフを突き立てるほど狂わなかっただろうし、日下や三野辺神社が隠蔽工作をする必要も生じなかった。時間はかかるけれど「桂」にはちゃんと後継者が生まれ、これまで通りに町は続いていっただろう。

陽介は……どう生きただろうか。

月也はおしるこの缶から右手を離す。骨のように細く頼りない指先を、軽く動かしてみた。この手を取らなければ、彼は、何をつかんでいただろう？

「あー……」

いくら考えてみたところで、何も分からない。後戻りもできない。月也は背もたれにそうようにして背を反らし、空を見つめた。真昼の太陽のそばに、蝶のような雲が浮かんでいた。

（玉子焼き……陽介が食ってんのかなぁ）

食べ物を粗末にできる性格ではないから、置き去りにした弁当を昼食として食べているかもしれない。

恨んでくれていればいい。怒ってくれていてもいい。でも、泣いているかもしれない。一人の部屋で塞ぎ込んでいるかもしれない。

「……」

何かを期待して、月也はメッセンジャーバッグに目を向ける。適当に詰め込んだ着替えのせいで膨らんだそこから、スマホを引っ張り出した。

何もなかった。

ため息が出た。

「あれ。今日は愛妻弁当じゃないんだ？」

「……遅いっすよ、朝井先輩」

ここにいれば見つけてくれるだろうと期待した人物の登場に、月也はくしゃりと笑う。スマホに連絡しなかったのは、緊急性や焦燥感の演出と、朝井永一の退路を断つためだった。目の前で困っている後輩を、簡単に見捨てたりはできないだろう。

「突然ですけど、俺、友達っていないんで。しばらく先輩の家に泊めてください」

「お、おう？」

本当に突然だな、と月也の前に立った永一は、黒いマスクの上の目を瞬かせる。どうやら美容室に行ったらしく、プリンではなくなった金色の髪を揺らして首を捻った。

「てか、桂、雰囲気変わってない？」

「朝井先輩の方が変わってますよ。リア充オーラが鬱陶しいです」

「ええぇ、マジ？」

永一はわざとらしく左手でマスクの位置を直す。黒いマスクに、金色のエンゲージリングはよく映えた。月也は「マジです」と笑って頷く。スマホをサイドポケットに押し戻して、おしるこの缶をベンチの下に捨てた。

「その後も順調そうでよかったです」

「その節はどーも。悪魔面してキューピッドだったってのには驚いたけど、まあ、感謝してるよ。桂がいなかったら、オレ、たぶん生きてなかったし」

指輪を光らせて、永一は頬を掻く。

彼は月也のように、本当に死のうとしたわけではなかった。遠距離恋愛中の彼女、明音との思い出をめちゃくちゃにすることで、心を殺そう……そういうものだった。

巻き込まれた月也は、逆の結果になるよう画策する。ハロウィンに起きた、ある意味では世界中の人が知っていて、ほんの数人しか知らない恋物語だ。

「で。今度は桂がヤバイってわけだよな？」

永一の視線が、膨らんだメッセンジャーバッグに留まる。先ほど月也が発した言葉と、荷物と、弁当がないことを足し合わせれば、状況を推測するのは容易かった。

「なんで喧嘩したの」

「いきなり踏み込んできますね」

「だってオレ、ごちゃごちゃ考えるのは得意じゃねぇし。本当に困ってて、桂がもしオレを頼りたいってんなら、サクッと聞いちゃった方が早いじゃん？」

確かに、アレコレ腹の内を探ろうとするよりも合理的だ。自分も陽介に対して、初めからストレートに接していれば、今頃ここで寒い思いをしていなかったかもしれない。月也は思わず視線を落とし、何もない首筋にふれた。

「語るにはちょっと複雑すぎるんですけど。まあ、俺が悪いってことだけは確かです」

「じゃあ、謝ろう」

月也は落とした視線を上向け、ベンチのそばに立つ永一をじとっと見つめる。さすがに軽率だったと察したようで、永一はふらりと視線を逸らした。

「オッケー。できたら苦労しねぇよな……でもなぁ、オレにできることって何かあるかなぁ。桂みたいに頭脳派ってわけじゃないしなぁ」

「別に、泊めてもらえるだけでいいんですけど」

「えー、せっかく先輩面できんのに？　サークル潰れちゃってから、あんま後輩との付き合いないんだよ。せっかく四年になったのに、感染症で絡みづらいし。研究室の後輩には避けられるし」

「何したんですか」

「いや、ちょっと……実験器具の扱い方に問題を感じただけっすよ。ウン十万円するって分かってないんかねぇ。鍵もしょっちゅう閉め忘れるし」

「つまり、アカハラ？」

「オレは立場ある人間じゃないから、アカデミック・ハラスメントにはなんないって。過敏な人がいるってことは分かってるつもりだかんねぇ、気を付けてるつもりだけど、なかなかどうして、人それぞれだからねぇ」

悩ましいと永一は安っぽいダウンジャケットの腕を組む。問題を抱え込んでいた時の彼からは感じられなかったけれど、落ち着いている時の永一は配慮を心掛けているようだ。

その姿に、月也はなんとなく尋ねた。

「朝井先輩って、教職課程取りました？」

「おう。つっても教育実習前に辞めちまったから、免許はゲットしてないけどなぁ。こんな就職難になるなら取っとけばよかったかもな」

ヒヒヒ、とどうでもよさそうに永一は笑う。履歴書に書ける資格程度にしか考えていないようだ。彼は本来の研究対象、興味のある分野たる「光学」関係に集中することを選んだということだろう。

「実習前って、ほとんど単位終わってるってことですよね。やっぱり大変でしたか？」

「まあ、授業数増えるからフツーに大変だったけど。レポートは先輩の借りれば要点押さえられるし、テストも出るとこおんなじみたいだから、普段の講義は出席だけして、授業中にほかのレポートやったり、実験データまとめたりとか、要領いい奴なら大丈夫って感じじゃない？　実習系はキツかったけど」

特に介護等体験は分野が違い過ぎて、体験先の施設関係者に怒られたという。

「やっぱさ、どうしても先入観って持ってるじゃん。車いすって大変だろうなとか、すっかりボケちゃってるんだなぁとか。ソレの扱いが難しいんだよ。なんでも手助けするのは違うらしいし、かといって放ったらかしでもダメだとかでさぁ、線引きが分かんねーの。あのプロの世界はすげぇよ。オレには無理って思ったもん」

「それは、そうですねぇ……」

陽介なら難なくこなしていそうだと思って、月也はそっと息を吐く。一年のうちに、その手の実習に出掛けている様子はなかった。二年の今はこの有様だから、彼もオンラインでの交流を除けば、教育学部生らしいことはできていないのかもしれない。

「えーっと。もしかして桂、今から教免取ろうとか考えてる？　さすがに無理じゃね？」

「はい。もっと早くにその言葉を聞きたかったです」

担当教授の埋畑が、研究以外の情報に疎かったばかりに……永一に恨み言をもらしても仕方がない。留年やら学費やらの件はひとまず棚上げだ。今は、陽介がこれからどうするかを見守っていたい。

(陽介が素直になったら、俺は俺で何か考えるだけだし)

系の運動量は保存するのだから。まずは、変化を見届けなければならない。近くにいられないことにもどかしさを感じるけれど、近過ぎたことも原因だと分かっている。

距離が必要だ。

互いに影響を及ぼすなら尚更に。

重力の強さは距離の二乗に反比例している。離れれば離れただけ、陽介の世界に対する影響力は小さくできる。

(でも。このままお別れってことになったら……)

後味が悪すぎる。月也は大きくため息をついて、サイドポケットからスマホを取り出した。着信があると思えば迷惑メールだ。舌打ちして、再び鞄に押し込んだ。

「桂って、このあと予定あんの？」

「え。一応、五・六コマに統計力学入ってますけど」

「後期日程ってことは、川良（かわら）先生の？」

月也は頷く。永一は満足したように二度頷いた。何やら気合を入れるようにボディバッグの位置を直し、マスク越しにも分かるほどニカニカと笑う。

「だったらサボってもオッケーだ。あの人テスト形式変えねぇから、あとでオレがやった試験問題やるよ。だからちょっくらデートしようぜ！」

「馬鹿だろ」

「仮にも先輩に向かって即答ってひどくね？　敬語まで消えてるしさ」

「敬語って『敬う』って書くんすよ、先輩。そっちこそ授業ないんですか。そんな残念な頭してるなら、ちゃんと講義受けた方がいいですよ」

「もう充分残念だから、一回くらいサボったってヘーキヘーキ。どうせ今日は、先週の実験結果のデータ入力だし、相方が地獄見ればいいんだよ。なんかオレ、喉痛い気がしてきたし、熱っぽいかもしれないし、感染症だとまずいから休むべきだと思うんだぁ」

百パーセントの仮病を見せつけて、永一はスマホを取り出す。実験の相方に連絡を入れてしまった。証拠とばかりに向けられたトークアプリには、相方からの罵詈雑言が届いている。これでは、相方に申し訳なくて、永一のお誘いを断れない。

「……どこ行くんですか」

「雑貨屋さん。明音にクリスマスプレゼントのシマエナガ買うんだ」

「一人でいいじゃないですか、それ」

「桂は、愛妻弁当さんに何か見つけてあげなさい」

永一は腕を組み、偉そうにふんぞり返る。月也は面倒くさいという気持ちを込めて息を吐き出すと、膨らんだメッセンジャーバッグを肩にかけた。

「愛妻弁当なんて名前じゃありません。あいつは……陽介って言うんです」

「へぇ。陽介くんは何が好きな感じ？」

「え……ハリネズミ？」

歩き出す永一に並んで、月也は首をかしげる。スタンプや小物を見る限り、ハリネズミモチーフが好きなことは間違いない。

「じゃあ、かわいい系でいけっかな。目的地は変更しなくていい？」

「いいも何も分からないんで。明音さん優先でいいですよ」

「それもそーだな」

楽しそうに声を弾ませ、永一は正門を駅とは反対に曲がる。三年も通っていながら、そちらには行ったことがないことに、月也は少し驚いた。

（マジで俺、友達作ってなかったもんな）

飲み会に出たこともない。遊びに出掛けたこともない。陽介がそうであったように、月也の世界もそんな「狭さ」だった。

「先輩」

永一を呼ぶイントネーションに、陽介が重なって感じられた。きっと、その声ばかりを聞いてきたからだ。

「俺からのプレゼントなんて喜んでくれますか。喧嘩っていうか、その、すげぇ傷付けることしちゃったんですけど」

「それが分かるのはオレじゃないでしょ。オレは陽介くんのことなんて知らねぇもん。桂がどう思うかで判断するっきゃないだろうねぇ」

「俺が……」

「でも。桂を見てるオレは、桂がどんだけ大切に思ってるかは分かるよ。それは誇っていいんじゃねーかな。その想いは桂しかあげらんないもんだからさ」

「先輩……ただの馬鹿じゃなかったんすね」

「おう。尊敬する気になったんなら、チューハイ一本奢れよな」

「後輩にたかるってどうなんすか」

「誰かさんのせいで金欠ってこと忘れんなよ！」

笑いながら、永一は左手の薬指を見せつけてくる。キラキラと光るシンプルな金色のリングに、月也も微笑んだ。

「結婚式呼んでください」

「挙げる気になったらなぁ。陽介くんとセットで呼んでやるよ」

「スピーチはお断りですよ」

「頼まねーよ。お前ロクなこと言わなそうだからな」

そこは教授に、と話が逸れていく。就職活動の憂鬱さは変わらずで、永一は卒業後、とりあえず実家に戻ることになりそうだという。キャビンアテンダントを目指している明音も、少し考え方を変え始めたようだ。

世界中の海を見るために、明音はCAになろうとしていた。新型感染症によって求人がなくなり、世界に行けなくなり、世界の人が日本に来られなくなった今。逆に、海を好きになったきっかけの場所——地元から、その海を世界に発信していく方法を探るのもアリではないかと考えているという。

「動画撮影とか編集ならオレにも出番あるしなー」

「そういうの得意ですもんね、朝井先輩」

「おう。あ、そこの店」

永一の人差し指が数メートル先を示す。ガレージのような雰囲気の外観だ。店内も天井が高く、かわいい系の雑貨だけでなく、アウトドア向けのハードなものまで取り揃えられていた。ごちゃごちゃした雰囲気が、秘密基地のようで楽しい店だ。

永一は慣れている様子で、店の奥に進んでいく。ベビーコーナーの一画、ぬいぐるみが詰まった棚の前で足を止めた。

「問題は、どのサイズのシマエナガかってことなんだよ」

五種類を並べ、永一は腕を組んで唸り始める。長くなりそうだと、月也はハリネズミを探してみた。先に目に留まったのは、カフェオレ色の犬のぬいぐるみだ。

(この小犬……)

見覚えがあった。陽介の記憶にも、きっと残っているだろう。放火魔の夏に見つかる前の思い出が懐かしくて、月也はつい持ち上げた。

「桂。ぶっちゃけさ、陽介くんとはどんな関係？」

「……分かりません」

小犬のぬいぐるみを棚に戻した。

「いえ、言葉にまとめたくないんです。デジタル化したら、消えちゃうじゃないですか。なんでもあってなんでもない、そういう関係でいたいんです」

「それが不安にさせてるってことは？」

「ないと思います」

陽介だって口にしていた。「なんでもない僕が」と。そうして握ってくれた手は、優しいだけではなく強く、少し痛くて、懸命だった。

言葉にならない様々な想いが、体温の中にあった。

「んー……じゃあ、どのサイズのシマエナガがいいと思う？」

「それは、先輩の方が分かっているんじゃないですか？」

確かに、と永一はケラケラと笑った。十五分くらい付き合って、選ばれたのは実物大に思える手乗りサイズだった。

月也は何も買わなかったけれど、永一的には満足だったらしい。

「んじゃ、我が御殿にご案内しますか！」

缶チューハイとカップラーメン、翌朝用のパンを調達して導かれた御殿は、月也たちが暮らすお化け紫陽花のボロアパートといい勝負の二階建てだった。階段下に詰まった放置自転車が、これまで利用してきた大学生の数を物語っていた。

永一の部屋は一階で、玄関の半分が通販の段ボール箱で埋まっていた。

(うん。まあ、床が見えるだけマシなんだろうな)

一歩目で陽介の偉大さを感じる、六畳ワンルームだった。

早朝。コンビニでバイトしている永一は、暗いうちから出掛けている。起こされてしまった月也は、エアコンを使うのが申し訳なく、黒いダウンジャケットを羽織って座椅子に縮こまった。

(あちこち痛ぇな……)

永一の部屋にはシングルのパイプベッドしかなかった。月也はどうにか、居室とキッチンスペースに座椅子を伸ばして、借りた毛布で寝るのが精いっぱいだった。

(帰りたい)

一晩で家出をやめたくなる。ため息をつけば、どこから現れたのか分からない綿埃が、テーブルの上のノートパソコンを越えて飛んでいった。

パソコンのまわりには、ゆるくキャップのはまった栄養ドリンクの瓶が一ダースは並んでいる。色褪せた絨毯を隠すのは、文献や雑誌、雪崩を起こしたプリント、忘れられたようなペットボトルだ。隅のハンガーラックには季節感を無視した服が吊り下げられ、キャパシティオーバーの衣類が、ぐちゃぐちゃと山を作っていた。

(陽介ならキレてるな)

ふふ、と膝を抱えて月也は笑う。

似たような光景を月也も作ったことがある。大学一年生の一人暮らしの間に。虫を呼びそうな燃えるゴミはちゃんと出していたけれど、どういうわけか部屋が清潔さを保つことはなかった。

(ちょっと片付けるかぁ)

宿代として、掃除くらいしてやろう。動いていないのも寒いと、月也は立ち上がる。肩や首がコキコキと鳴った。

幸い、ゴミ袋はあった。永一も、さすがに燃えるゴミは出しているようだ。とはいえゴミ箱はなく、キッチンスペースに燃えるゴミと、缶ゴミの袋が直置きになっていた。

(まあ、シンクはきれいなんだよな)

自分もそうだったと月也は苦笑する。

水を飲む、お湯を沸かす程度にしか使わないから、シンクまわりはきれいさを保つ。これが中途半端に自炊をしていたら、たぶん、モザイクをかけたくなっただろう。

(え……どういう順で動けばいいんだ?)

とりあえずゴミ袋を一枚手にしたところで、月也はピタリと動きを止める。視界に入ったユニットバスの前に、カゴからあふれた洗濯物があった。もしかしたら、まずは洗濯機を回すべきだろうか。ぺったりと潰れている布団も、干した方がいいような気がする。それとも、玄関で崩れそうになっている段ボールを束ねるべきか？

何から始めればいいのか、さっぱり分からなかった。

(実験手順なら暗記できんのに……)

乱雑さに満ちた永一の部屋は、どうしていいのか分からない。試しに、何故か居室とキッチンの間に落ちていたタオルを引っ張り上げると、テレビの前からプリントが崩れてくる。今晩の、月也の寝るスペースが失われた。

「なんでだよ！」

たまらず叫ぶ。どういうドミノ倒し、教育番組で見るメカニカルな玉転がし効果だろうか。いっそう散らかった部屋に、月也はもう途方に暮れるしかなかった。

(本当、陽介ってすげぇんだな……)

月也はしゃがみ、とりあえずプリントに手を付ける。これをどけないと、寝床もないのだから、ここだけはどうにかしたかった。

視点が低くなると、絨毯に絡みつく金色の抜け毛が目に付いた。テーブルの下には、転がり落ちた栄養ドリンクの瓶がある。

こたつがない。

あたたかい料理のにおいがない。

先輩、と呼ぶ声がない……。

「はぁ……」

月也は右手にプリントを握ったまま、膝の間に顔を埋めた。陽介がいないだけで、こんなにもままならないのだ。部屋を片付けることすらできやしない。

(偉そうに傷付けてきても、俺だってこんなもんだもんなぁ)

陽介の世界があったから「部屋」は満たされていた。きれいで、あたたかくて、美味しくて、孤独じゃなかった。

今まで知らなかった、「桂」にはないものであふれていた。

(帰りたい……)

閉じこもってしまいたい。けれど、陽介を閉じ込めることは違う。彼は彼の力で、芽生えた「好き」から目を逸らさないで、気付いて、傷付いてでも「陽介」であってほしい。

(「日下」の呪縛を解くなら今だろ)

その手伝いをすることが、次の完全犯罪でありたかった。思い通りにはいかないまま、こうして今は一人きりになっている。

(せめて、今からでも……)

何か考えてもいいだろうか。もう、そんな資格はないだろうか。

迷う気持ちとは別の脳みそが、思考を始めようとしている。自分にはロジックしかないからと、考えることで自我を保とうとしているようだ。

なんでもない関係ではあるけれど、大切な人ではあるから。

足掻け、と内側の奥底から何かが叫んでいる。

(俺ならできるだろう?)

――桂月也ならできるでしょう?

陽介の声を思い浮かべて、月也は顔を上げた。手の中にあったプリントは、何かの計算式の途中らしい。諦めたらしく投げ出され、余白部分にアインシュタインが落書きされていた。

「無駄に上手いし」

ふふ、と月也は声をもらす。

アインシュタインと言えば思い浮かぶ、舌を出したあのポーズだった。知の巨人のお茶目な顔を見ていると、自然と相対性理論を思い出した。

今まで誰にとっても絶対的で、平等だと思われていた時間を、観測によって変わるものにしてしまった古典力学究極の理論。分かりやすく例えた言葉のセンスが、アインシュタインの魅力を深めている。

『熱い鉄板の上に手を置いている時間は、一瞬でも永遠に感じられるけれど。魅力的な女性との時間はあっという間に感じられる。相対性とはそういうことさ』

(見方を変える……)

月也の中で、今度は量子論の父ニールス・ボーアが語り掛ける。

『観測する前の世界を考えるのはナンセンスだよ。世界は観測によって立ち現れるのだからね。そしてぼくらは「相補性」について考えるべきなんだ』

(観測と相補性……)

ボーアの喩(たと)えでは「象」だっただろうか。

ある人は鼻の長い生物だと言い、ある人は耳の大きな生物だと言う。そのどれも誤りではなく、一側面の観測結果でしかない。

量子とはそういうもの。

波であることも粒であることも矛盾しない。どう観測したかで決まるだけだ。

(世界は観測によって作られる)

そういうものであるとするならば……月也は立ち上がる。エクセレント、と苦笑しながら拍手する思考の中の自分を感じた。

「俺の見方が間違ってたんだな」

月也は転がる瓶を飛び越えて、メッセンジャーバッグをつかむ。サイドポケットからスマホを取り出したところで動けなくなった。

(今更、陽介になんて言えばいいんだよ……)

暗い画面には、泣きそうな顔が映っている。月也は見えないようにひっくり返し、きつく握りしめた。先日できた、角の傷を親指の爪で引っ掻いた。

お前の眼差しはいつだって「日下」だと、それを桂月也に向けることで逃げているだけだと、切り捨てて部屋を出てしまった。だから、日下陽介のことを後回しにして、時には「好き」にすら気付かないふりをして、譲ってしまうのだと思っていた。

そこに「陽介」はいないと感じてしまった。

けれど、それは先入観に曇った誤った観測に過ぎない。陽介が「日下」をよく思っていないものだから、日下的行動を取る彼は、本心で動いていないのだと感じてしまった。

どうして、どちらも「同じ」と言えなかったのだろう？

「陽介」も「日下」も相補的なものでしかなかったのだ、と。

（一度はちゃんと、「日下陽介だ」って言ってやれたのに。何やってんだよ、俺は）

月也はずるずると、座椅子にしゃがみ込んだ。

文芸サークルに所属する友人の違和感に、対応するかどうかを悩んでいた彼に、お節介なお人好しが「日下陽介だ」と伝えてからまだひと月もたっていない。それなのに、自分の望む観測と違ったものだから、見方の方を歪めてしまった。

（科学の徒失格じゃん……）

真に科学的であるならば――

自然がどんなに人の考えを超え、裏切りのような姿を見せるとしても、科学が正しいと思ってはいけない。謙虚さを忘れずに知の巨人の肩に乗り、俯瞰して、より広い視野で眺めるからこそ真実に辿り着ける。

観測者だからこそ、意図して自分を排除しなければならない。「ありのまま」を映し、読み取り、考察しなければならない。

その「目」で見れば、陽介が生きている世界は、本当はとても「優しい」。

ほんの少し見る目を変えて、気付くことさえできれば。

（でも。やっぱり、傷付かないと進めねぇんだよな）

世界の姿に気付く時、きっと陽介は傷付くだろう。これまで自身を築いていたアイデンティティのようなものを、一度バラバラに壊してしまわなければならないのだから。

天動説が地動説になるように。

これまで信じていたものを反転させるのは容易ではない。

朝に上り夕に沈む太陽を見ている人々に、本当に動いているのは地面だと言っても通じない。現に大地は動いていないのだから。回る地球を見せて、エレガントな計算式を見せて、それでやっと想像してもらえる程度だろう。

実感のないものを伝えることは難しい。

けれど、科学は連綿と、それをやってきたはずだ。

（俺がもし、陽介のための巨人の肩になれるなら……）

優しい世界を見せてやれるだろう。

傷と引き換えに――

「つっても、現状信用から失ってるしなぁ」

ため息をつく月也の手から、スマホが滑り落ちた。素足の小指に当たる。地味な痛みにいっそ憂鬱になった。

(信用云々以前に、ソレをするってことは、陽介の世界を壊すってことでもあるわけで)

もう一つため息をこぼし、月也は左手の指先を見つめる。死神のような細く白い手だ。

この手をつかむ時、陽介はどう思っていたのだろうか。

——逃げなくても大丈夫です、先輩。

思い出すのは満月の夜。光の花火の中でくれた言葉だ。

犯罪に駆り立てるような、愛のない家族のことを「家族」でいいのだと言ってくれた。

家族の愛を求める限り、苦しみ続けることも、死にたくなることも、「それでいい」と受け入れてくれた。

大丈夫だ、と。

見続ける、と。

「俺が知る陽介は、すげぇ強いんだよ」

放火魔の夏からずっと、そう感じている。

そんな彼だから、きっと、足場が崩れ落ちても立ち上がってくれるだろう。まっさらになった新しい大地でも、歩き始めてくれるだろう。

たとえ一度、死んだような衝撃を受けることになったとしても。

(俺の手でよければ、いくらでも貸すから)

一緒に歩こう。

そのためにはまず「陽介の世界の壊し方」を考えなければならない。

事実を伝えるだけというのは、スマートではない。地動説と同じだ。日常生活では回っていない地面を、回っていると納得させるだけのロジックを組まなければならない。

腕の見せ所だ、と月也は指先を見つめてニヤリと笑う。

「犯罪者志望の俺らしく、犯行計画立ててやろうじゃん」

陽介の世界を破壊する犯行計画を。

気持ちが高まると空腹を感じた。昨日のうちに調達しておいたスナックパンを開ける。

チョコチップがたっぷりと入った甘いパンには満足したけれど、ゴミが増えたことにうんざりした。

（片付けが先かぁ）

陽介の世界破壊計画は丁寧に考えたかった。一番傷付かない方法を見つけ出したかった。

それには何案も考えて、思考実験して、考察して……を繰り返すことになる。永一の部屋に滞在する時間も、それだけ長くなりそうだ。

（教免の件みたいに失敗するわけにはいかねぇし……）

パンが入っていた袋を手に立ち上がり、月也はキッチンに捨てに行く。

もう一度室内を見渡して、とりあえず、時間のかかる洗濯機を回した。洗い上がるまでに瓶ゴミを集める。テーブルまわりが片付くと、それなりにきれいになったように感じられた。

洗濯物を干しに出たベランダは、とても狭かった。テーブルセットなど置けそうにない。室外機の幅しかない。サンダルはなく、落下よりは目隠し目的で作られた柵の足元には、砂と何かが混ざったゴミが溜まっていた。

(陽介って本当、隅々まで掃除してんだな)

ベランダにゴミを見かけたことなどなかった。緊急事態宣言の暇潰しに置いたアイアンテーブルと椅子も、砂埃をかぶっていたことはない。何も考えずに座っていたけれど、ズボンが汚れないのは、そうしてくれている人がいたからだ。

(すげぇ奴と暮らしてたんだろうな)

洗濯物を干し終えた月也は、加熱式タバコを手にした。いつもの癖で落下防止柵にふれると、ざらざらと、指の跡が残った。

「………」

砂に汚れた指先を見つめ、月也は情けない気持ちになる。日常を当たり前にし過ぎて、どれだけのことを見逃していたのだろうか。

陽介のことを、本当は、どれほど分かっていたのだろうか……?

(俺、馬鹿だったなぁ)

同意するように、冬らしい乾いた風が前髪を揺らす。視線を捉えられたくなくて、他人との間に壁を作りたくて伸ばしている髪も、そろそろ切ってもいいだろうか。

陽介との生き方が変わったら、それもいいかもしれない。

（なんか、願掛けみたいだな）

短く笑って、月也は煙を飛ばす。白い揺らめきは青空の下、あっさりと行方を分からなくした。不安定過ぎて、美味しくなかった。

（朝飯作ってるのかなぁ）

いつかみたいに、うっかり二人分作っていたりするだろうか。それとも、完全に自分の存在は無視されているだろうか。無視されていたら、少し、寂しいかもしれない。

（一晩しかたってねぇのにこのザマかよ）

自嘲して、月也は加熱式タバコを握りしめた。銘柄は変わっていないのに、味が違って感じられるのは、ここがあのベランダではないからだ。

子どもの自分を慰めるためだったタバコも、いつの間にか、陽介との会話を楽しむためのアイテムに変わっていたということだ。部屋に居たままでは気付かなかった発見が、今を象徴しているような気がした。

外に出なければ見えないものが、こんなにもたくさんあったのだ。

――ドアが開いた。

「おおぅ！　なんかきれいになってるし！」

「おかえりなさい、先輩」

ベランダから一直線に見える玄関に向かって、月也はなんとも言えない気持ちで微笑みかけた。バイト先のコンビニの名前が入ったレジ袋を手にした永一は、ステップを踏むように座椅子に座る。

「廃棄品もらってきたけど、桂も食う？」

「俺はもう食ったんで……あ、昼飯分もらえたりします？」

「どーぞどーぞ、好きなの選びな」

バラバラッと永一はノートパソコンの上に袋の中身を広げる。おにぎりとパンに交じって、栄養ドリンクの瓶が転がった。

「不健康って感じっすね」

「そりゃあ桂みたいに、家庭的な同居人がいるわけじゃねぇもん。だから、洗濯してもらっただけでもすっげー有難いわぁ。サンキュー、桂」

バイト上がりのテンションで笑って、永一はコロッケパンの袋を破いた。頬張る姿をベランダから眺めながら、昼は余ったものでいいや、と月也は煙を吹いた。

（サンキューって……）

妙に恥ずかしかった。

戸惑うくらいには嬉しくて、洗濯ひとつとっても当たり前にしてしまっていた自分を、殴りたい気持ちになった。

情けなさにため息をついて、月也は加熱式タバコをオフにする。ちゃんと噛んでいるのか心配になる速さでコロッケパンを食べ終えた永一が、昆布の手巻きおにぎりの包みをはがした。

「あとさ。なんか、おかえりって言われたのも嬉しかった」

「え？」

「だってさぁ、一人暮らしじゃ使わねぇじゃん。家に誰かいるっていいよなぁ。オレも早く明音と同棲したい！」

「一か月前には別れようとしてたくせに」

「うるせい」

口を曲げた永一の手から米粒が落ちる。つまみ上げようとした彼は、別のものに気付いたようだ。

「桂。なんか連絡来てる」

座椅子のそばに落としたままになっていたスマホを、永一は掲げた。月也は大股で室内に戻る。窓を閉めるのも忘れて、スマホを受け取った。

「おや、その顔は待ち人からの連絡ですな？」

茶化す永一を無視してトークアプリを確かめる。そこには、生真面目過ぎる性格がにじみ出ていた。

【ニックネーム　リップさん】
ここ以外の宇宙はありますか？

「……先輩。ここ以外の宇宙ってあると思います？」

「は？　陽介くんからの連絡じゃないのかよ」

「まー、違ったみたいっすね。ちょっとしたバイトっつーか、ネットで科学を使ったお悩み相談やってるんですけど」

「へぇ、桂が……」

「やりだしたのは陽介なんで。なんか、依頼だけ転送してきやがったんですよ」

拗ねる気持ちを隠せないまま、月也は窓を閉める。

こういう状況でも、理系探偵の仕事をこなそうとするのは陽介らしい。けれど、そのドライさが「日下」っぽくて腹立たしかった。

（それが「日下陽介」だとしたってさぁ……）

傷付けてきた身としては、かえって刺さるのだ。気にされていない、どうでもいい存在になってしまったような、他人扱いされているような、微妙な気持ちになってしまう。

ビジネスライクな関係になるよりは、無視される方が、感情がある分マシだった。

「ここ以外の宇宙なぁ」

思考にスイッチを入れる永一の呟きを聞きながら、月也は窓辺に胡坐をかく。永一は糖分を求めるように、メロンパンの袋に手を付けた。

「パラレルワールド、マルチバース、あたりがメジャーだと思うけど。宇宙物理専攻の桂的にはもっとある感じ？」

「そうですね。最近読んだ本だとホログラフィックユニヴァースも、捉え方次第では別宇宙の存在に当たるかもしれません。ただあれは、この宇宙を記述する別次元が存在する、この宇宙はホログラムでしかないって説なので、多宇宙的解釈にはならないかな。ここ以外ではあるんですけど」

「そもそも『宇宙』の定義なんだよな」

「ええ。マルチバースの場合はその点をはっきりさせないと、議論にズレが生じますね。俺たちが認識している最も狭い範囲、誕生以来の一三八億光年の宇宙を宇宙とするのか、それを含む複数の宇宙を有するもう一段上の状態を想定するのか」

「それなぁ。オレたちの一三八億光年の宇宙の外側のサイズを無限とした場合、その中にオレらと同じような宇宙が無限個あるって想定できるけど。それはまあ、オレたちの宇宙と同じ物理法則を持つ可能性が高いから、いずれ観測可能になるかもしんねぇけど」

「無限個ある俺たちの宇宙が存在する上位の宇宙ともなると、観測可能性は低くなりますね。物理法則が違うからこそ、まったく別のマルチバースとして存在するわけですから」

「夢はあるんだけどねぇ。一三八億光年の外側なんてさ、宇宙誕生の向こう側ってわけだからさ。ただなぁ、存在は否定しねぇけど、どうにも受け入れがたいんだよな」

「ええ。宇宙の地平線の外側を、俺たちは観測できていないですから」

　観測していない世界の存在を認知しろ、と言われても難しい。ましてボーアの説、コペンハーゲン解釈に傾倒していると、その宇宙の存在を考えることはナンセンスになってしまう。観測されるまでは、あると同時にないような、重ね合わされた宇宙なのだから。

「パラレルワールドというか、エヴェレットが提唱した多世界解釈も、受け入れにくいんですよね」

それこそ、コペンハーゲン解釈の「観測」に対抗して考えられた解釈だ。観測されるまで世界が決まらないというのは、自然らしからぬと、当たり前の「実在」を信じる人たちが作り出した。

多世界解釈によれば、観測によって世界はどの世界だったかを確認される。

観測のたびに世界が分岐し増えていく、という捉え方もある。本によって違うところが悩ましいが、観測は、自分が属している世界の確認作業と考える方が、エヴェレット的ではあるようだ。

「なんであれ、オレ的には『無限』を前提にしてんのが気持ち悪いんだよ」

「ああ、分かる気がします。単純化はされるんですけど、答えにならないんですよね。無限について本気で考えだすと哲学になりますし」

「あーやったやった。自然数と偶数はどちらが多いか的なやつだろ」

「そうです。自然数は偶数と奇数を含んでいるのに、無限の話になるともう……眠れなくなるんでやめましょう」

アハハ、と永一は笑ってメロンパンを食べ終える。満足したらしく、月也の昼食は残った梅おにぎりとクリームパンとなった。組み合わせの妙に文句は言えない。

「でも、無限を考えずに、ここ以外の宇宙があるって言えんのかな」

「んー……限りなく広い、なんて言い回しで逃げているだけだから却下ですね。マルチバースの説明は難しくなるかなぁ。多世界解釈は、ベースをシュレディンガー方程式とすると、あらゆる可能性の重ね合わせって部分がネックですよね。確率的に複数の宇宙が存在する？　なんか質問の意図からズレてる気がするな」

首を捻る月也の前で、永一が大きくあくびした。早朝バイトで疲れていることを忘れていた月也は、すみませんと目を伏せる。

「いーよ、こういう話嫌いじゃないから。でも、午後の実験はサボれねぇから、そろそろオレ寝るからさ。桂は勝手に出掛けていいよ。鍵とか開けっ放しでも気にしないから」

「それはピッキングで閉めときます」

「へ？」

「いえ、おやすみなさい。歯磨きはした方がいいですよ」

ん、と短く頷いて永一は立ち上がる。ユニットバスに向かう背中から、窓の向こうの空へと月也は視線を移した。

（やっぱ、しっくりこねぇな）

理系探偵として、永一は助手になり得ないということなのだろう。共通認識のおかげでスムーズに話はできるけれど、それだけだ。理科仲間として楽しい時間を過ごせても、依頼人の本質に迫れていない。

(あくまでビジネスなんだよな)

月也はショルダーストラップをつかんでバッグを引き寄せる。永一に申し訳なく思いつつ、中に詰め込んだ着替えを隅に置いた。軽くなったバッグに、梅おにぎりとクリームパンを放り込んで立ち上がる。

玄関を出ると、一言だけ送った。

【通話は可能でしょうか？】

三歩も歩かないうちに着信があった。

『……おはようございます』

「おはようございます」

陽介のよそよそしさに合わせて、月也も他人行儀に挨拶をする。それきり、どちらも口を開かなかった。左の耳に当てたスマホからは、微かにテレビの音声が流れてくるだけだった。

(居場所とか気になんねぇのかな)

以前なら、家を出ようものなら大騒ぎされたのに。「死にたがり」ではない今は、気に掛けてももらえないようだ。月也はたまらず息を吐き出した。

歩行者信号に止められて、ぼんやりと赤を見つめた。

ふと、電波の向こうからテレビの音が消えた。窓の開く音がした。

『ここ以外の宇宙ってあんの？』

淡々と、陽介は依頼内容を繰り返した。その口調に悟って、月也はくしゃりと前髪をつかむ。低く静かに返した。

「あると言えばありますが、議論することがナンセンスとなるかもしれません。観測により世界の存在が決定するとするなら、観測できていない他の宇宙は存在していないとも言えてしまいますから」

『そう。てっきりマルチバースとか言ってくるかと思ってたのに』

「よく知ってましたね、マルチバースなんて」

『サイダーの泡を見るたびに、マルチバースって喋る人がいたからね』

そういえば、と月也は青になった信号を渡る。

夏の科学部では、よくその話をしたものだ。マルチバースには炭酸の泡のように、いくつもの宇宙が生まれては消えているというイメージもあったから。

その泡の中に偶然、この宇宙が存在している。

『「宇宙クジ」だっけ。おれはあの考え方、嫌いじゃなかったよ』

「ああ、確率試行の宇宙の話ですね」

早くも到着した理科大学の正門を抜ける。寒さをしのぐには屋内の方がいいけれど、授業時間には早すぎる。行く当てが思い浮かばず、月也はとりあえず慣れ親しんだ、フランス式庭園へと足を向けた。

「ぼくら人間に都合のよすぎるこの宇宙も、無限個の宇宙のうちの一つと考えれば、なんら不思議でも奇跡でもない。無限回の試行回数の中には、そういうこともあるだろうなんて話でしたね」

『そ。クジみたいに、この宇宙はこうだけど、ほんの少し違ったおれ達が存在する宇宙もあるだろうって。その宇宙では……』

陽介の声が途切れる。朝露に湿って座れないベンチの前に佇んで、月也は眉を寄せた。

ここことは少し違った宇宙では、今、こんな距離で話してなどいないだろう。一緒に朝ごはんを食べて、一緒に教免を目指しているだろう。あの、あたたかな部屋の中で。

そもそも、二人が出会っていない宇宙かもしれない。

そもそも、桂月也が生まれていない宇宙かもしれない……。

「観測できないものに虚しさを感じても仕方がありませんから」

陽介の、そして自分の空想を掻き消すために、月也は強めに言い切る。観測ね、と呟く陽介の声がどうにも痛々しかった。

『でも。おれは、依頼人が欲しがってるのは、宇宙クジの話なんだろうって思うよ』

「どうして？」

『ニックネームが「リップ」だから』

唇じゃないよね、と耳元で陽介は息を吐いた。あ、と月也は苦い気持ちを覚える。依頼文に気を取られた結果、名前の意味まで考えが及ばなかった。

『あたまさんの時には鋭かったくせに』

「それは……」

陽介がそばにいないから、という言葉は呑み込む。物理的な距離ではなく、心理的な距離として、近くにいないとどうにも思考が鈍る。遠雷の季節などには、誤謬（ごびゅう）を犯すことすらあった。

（こんな体たらくじゃ、「日下と陽介の相補性」も間違いってことはねぇよな）

ありえ得るかもしれない。あのロジックでは、あまりにも世界が変わり過ぎる。よくよく考えないと、無意味に陽介を否定するだけになるかもしれない。

考察しなければ……思考が泳ぎ始めると、また、陽介の吐息が聞こえた。

『リップをR.I.P.とするなら。墓標なんて名乗る人が知りたいと願う宇宙って、なんだろうって気になると思うけど』

「……そうですね」

『調子悪い？』

「心配してくれんの？」

『別に』

陽介の声が揺らいだ。お節介なお人好しは、自身を傷付けるような相手にも優しくしてくれるようだ。その甘さに付け込んで、全て投げ出して、堕落してしまいたい。逃避行だって悪くないんじゃないか——囁く自分から耳をふさいだ。

（逃げようって話したこともあったのにな）

紫陽花がうるさいベランダで、陽介が言っていたのに。彼がくれた救済が「逃げなくていい」になるのだから、宇宙とは本当に謎めいている。

「………」

あの言葉があったのは、この庭園だった。

気付いた途端に、月也は落ち着かなくなる。今の自分に相応しい場所に思えなくて、ふらりと歩き始めた。とりあえず、大学図書館を目的地に設定した。

ゆっくりと瞬いて、この電話はビジネスだと、強く自分に言い聞かせた。

「Rest In Peace――安らかに眠れ。依頼人自身に向けたにしろ、誰かに向けた言葉にしろ、ここではない宇宙を求める心理としては、現状が安らかではないということなのでしょう。でも、どうしようもできないことも悟っているから、この宇宙そのものを諦めて、外に希望を投げやっているんでしょう」

『そんな人に、「観測」を答えとするのは酷過ぎない？』

「だから、マルチバース、ですか」

そして「宇宙すらもクジ引きだ」と慰めようというわけだ。

親にすら当たり外れがあるこの世界。日常の至る所に「ランダムな確率のクジ」は潜んでいる。当たる人がいれば外れる人がいるのは当然で、それはもはや、宇宙の真理ですらあるとしたら……人知を超え過ぎて諦めの境地に至るかもしれない。

神様のせいだ。

運が悪かった。

そんな、投げやりで救いのない、だからこそ平等とも言える諦めだ。見えないものに逃げることは、容易で傷付かない。誰も悪者にしなくて済むから気も楽だろう。

けれど……月也は左脇腹にふれる。

傷付けてくるばかりのこの宇宙で、それでも「生きよう」と思えたのは、見てくれた人がいたからだ。観測してくれた人がいたから、今日まで来ることができたのだ。

「今のぼくは、マルチバースに賛同できません」

『うん。じゃあ、おれから回答しとくね』

陽介の声はカラリと乾いている。とても依頼人を救うとは思えない気配に、月也はスマホをつかむ手を小さく震わせた。

「陽介。なんで連絡くれたの？」

生真面目なビジネスに過ぎないと思っていた。けれど、回答をマルチバースとするなら月也の知識を必要としない。陽介は自身の言葉だけで、依頼をこなすことができた。

それをせず、この状況でも関わることを選んだのは——

『理系探偵はあなたなので』

「それだけ？」

『……どうでしょう？』

何かを隠して、陽介の声が揺らいだ。

『ただ、マルチバースは大切な思い出だったから……でも、先輩はもう、忘れてしまってましたね』

「……」

『すみません。やっぱり、なんでもありません』

逃げるように通信が切れる。月也は一度足を止め、大きく息を吐き出した。

（マルチバースの思い出って……）

忘れたわけではなかった。けれど、陽介ほど大切にしていたわけでもなかった。こうして言われるまで、思い出せない程度のワンシーンでしかなかった。

（ああ、そういうことか）

この依頼の本当の意味を、ようやく察した。

これでは探偵失格だ。犯罪者志望としても、素直になれない動機にすぐさま共鳴できなかったことが悔しかった。そして、どちらにせよ、陽介のことを分かっていない自分を見せつけられるものだから、不安になった。

（こんなんでちゃんと、陽介の世界を壊せるのかな）

頼りない自分を引きずるように、月也は再び歩き始める。ゆるいカーブを曲がったところで、思い立って足を止めた。

トークアプリをタップして、ハリネズミのアイコンを選んだ。

【犯行計画が出来次第、陽介の世界を壊してやるから】

自分を追い込むために脅迫状を送る。

反応を待たずにメッセンジャーバッグに仕舞った。少しだけ歩きやすくなった足でようやく辿り着いた図書館前のベンチは、建物の配置の都合か、フランス式庭園よりも日差しを受けていた。おかげで座面も乾いている。

妙な疲労感を覚えながら座ると、ひんやりとしていた。

（もう、冬なんだな……）

見上げた空に雲はなく、カラリとして、虚しくなるほどに透き通った青だった。

（あの日は入道雲がすごかったなぁ）

ちゃんと覚えているから、と言い訳しつつ目を閉じる。

記憶の中の物理実験室で、炭酸がはじける音が鳴った。


――プシュ、と。

陽介は半分ほどに減ったサイダーのボトルを開ける。喉仏を上下させて潤いを補給した彼は、随分と期待のこもった眼差しで首をかしげた。

「先輩はこの宇宙クジ、当たりだったと思いますか？」

「ん、まあ……」

「僕がいるから？」

「自意識過剰」

「僕は、先輩を見つけられたから好きですよ、この宇宙」

当たりです、と陽介は笑う。屈託なく。べっこう色の眼鏡を、熱い日差しにきらめかせて。太陽の名に相応しい眩しさに、月也はたまらずうつむいた。

自分のサイダーを見つめた。ボトルはすっかり結露に濡れて、炭酸と雫とが、競うように夏を演出していた。

「でも。先輩にとってハズレだったら、僕が当たりに変えたのにな」

「へぇ、どうやって？」

「簡単です。先輩と一緒に暮らすんですよ。ご飯を食べたり、買い物に行ったり。そんな些細な日常を過ごせたら、きっと楽しいですよ」

僕が、と付け加える陽介は既に楽しそうだ。前髪の間からちらりと覗いて、月也はそっと微笑んだ。

プシュ、と陽介が再びボトルを開けた。

「日常が楽しかったら、完全犯罪なんて忘れちゃいますよ、きっと」

「なんだよ。そっちが狙いかよ」

「それも含めて、僕は先輩のいる未来を考えたいんです。先輩は、僕と一緒の未来はイヤですか？」

「……秘密」

「素直じゃないなぁ」

言葉では呆れているけれど、顔は嬉しそうだった。自分のことなんかでそんな顔をしてくれる人がいるだけで、この宇宙は当たり前に決まっていた。

（一緒の未来かぁ）

二人だけの科学部に、月也も炭酸の音を響かせる。

どこまでも成長する入道雲に、青写真を描いていた。

＊ブループリント［blue print］青写真。計画をたてる

第6話　ε

【犯行計画が出来次第、陽介の世界を壊してやるから】

あのメッセージ以来どうにも寝つきが悪かった。アラームよりも前に目が覚めてしまった陽介は、布団から出ることなく暗い天井を睨んだ。

（僕の世界を壊すって……？）

物騒な話ではある。月也のことを知らなければ、脅迫だと騒いで警察に相談してもいいレベルだ。心理的ストレスが睡眠を妨害している……筋は通るけれど、陽介の感覚としては違っている。

単純に、意味が分からなかった。

反応に困って返事もできなかった。

（僕はそんな話をしていたわけじゃなかったのに……）

マルチバースの何がいけなかったのだろうか。あの意図に気付いてもらえなかったのだろうか。素直にならなかったことで、また、拗らせてしまったのかもしれない。

悪足掻きをしようとしたことが、きっと間違いだったのだろう。

（こんな宇宙じゃなければいいのに）

寝返りを打ち、陽介はため息をつく。

（この壁の向こうに、今、先輩はいないんだな）

昨日の朝も、同じことを思ったと気付いて苦笑する。

月也がいない。

理由は分かっている。自分がどうしようもなく「日下」だったからだ。そのことから目を逸らして、月也に全てを押し付けていた。身勝手過ぎる自分に、ずっと気付いてもいなかった。

だから、月也が出て行くのも無理はない。

彼は自由で、陽介に縛る権利はないのだ。

（でも。「僕」が先輩に先生になってほしかったのは、「日下」だったからとか、そういうんじゃないと思うけど……）

もう分からなかった。

何が「日下」で何が「陽介」なのか。自分の中で境界線が失われている。放火魔の夏を思い出してみても、マルチバースの言葉を思い出してみても、自分がどちらだったのか、何者だったのか、輪郭があやふやだった。

(先輩……)

あなたはどちらを見ていたの?

全て「僕」ではなかったの?

観測してもらわないと定まらない。今ここにいて、こうして考えている「自分」はどちらなのだろうか。月也が別れ際に残していった言葉の通り、「陽介」はいないのか。

(こういう「なんでもない」はイヤだな)

泣きたい気持ちがあるのに、それすら誰のものか分からなくて目が乾いている。そんな瞳に、ふっと光ったスマホは眩しかった。

午前六時。

いつもなら機械的にアラームを止めるだけだった。今日、じっと見つめてしまったのは日付のせいだ。

十一月三十日。

学費返還を求めるなら、今日中に休学願いを受理してもらわなければならない。けれどもう、あの書類を出すことに意味はないだろう。

陽介が休学したところで、月也は帰らない。

（僕の負けってことなのかな）

教免の件に関しては。月也が今どう考えているかは分からないけれど、学費を無駄にできないから、陽介がこのまま目指すことになる。

（先生になったら、先輩はちゃんと「陽介」って言ってくれるかな）

心の中の「芽」に問い掛ける。

摘まれるわけでもなく、成り行きで残ってしまった「好き」は、どこか色褪せてしまったように感じられた。もしかしたら、今こそ踏み潰すタイミングなのかもしれない。

虚しいのは、それでも愛しく思っていることだ。

芽吹かせたのが、自分ではないからこそ、これだけは守りたかった。

「……おはよう、自分」

月也が出て行ってから作り出した呪文を唱え、陽介は布団を出る。緊急事態宣言によって外出を控えることが徹底されても変えなかった、「日常」を始める。

（先輩はすぐ堕落したんだよなぁ）

ずっと灰色のスウェットのままで、顔を洗うことすらサボっていた。ある意味では彼の方が、適応力が高かったのだろう。くだらないことを思い出しながら冷蔵庫を開ける。

トマト、玉ねぎ、ニンジン、セロリ、ベーコン、ミックスビーンズ。

「ミネストローネ……」

五日前に買い出しした自分を呪いたくなった。いくら月也の言動にショックを受けたからといって、どうしてこのメニューなのか。

（落ち込んでる時に買い物なんてするもんじゃないなぁ）

具材をひたすら細かく、さいの目切りにして作るスープは、思考をもたらすことを分かっていた。だからこれは、自分から自分へ、きちんと考えろと送ったメッセージだ。

そして「帰ってくる」という願掛けだ。

梅雨の朝、完全犯罪で終わらせようとした月也を止めた時に、作ったものだから。

（今日の米は二合炊きますか）

ジンクスにすがりたくなるほどに、心は弱っているようだ。余った米は冷凍保存すればいいと、自分に呆れながら炊飯釜で研ぎ始める。随分と、水が冷たくなっていた。

もう、冬なのだ。

春がくれば、月也は四年で陽介は三年。

カウントダウンを止める方法もないのに、部屋に一人きりはつらかった。こんな終わり方ではなく、もう一度やり直したかった。

部屋を出る時は、二人一緒に出たかった。

（先輩。もう一度だけ、帰ってきてくれませんか）

願うように炊飯ボタンを押す。早速ニンジンからさいの目切りを始めた陽介は、考え方の視点が違っていることに気が付いた。

(僕が、帰ってきてもらえるように変わらないと駄目じゃん)

とはいえ、自分では「日下」も「陽介」も違いが分からない。月也に「日下」しかいないと言われてしまったら、どうしていいか分からない。

(あの「目」を放っておけばいい？)

寂しそうに塞ぎ込んで、誰かの手を待っている目を。知らんぷりしてしまえば、日下的ではなくなるかもしれない。

(でも。それじゃあ先輩と手をつなげない……)

「『日下』に生まれなきゃよかったのに」

そうすればこんな悩みはなかった。何をしても「陽介」でいられた。誰かを助けても助けなくても、ただ一人の自分を見てもらえただろう。

最悪だ、とため息をつく。

ざく、と包丁の先が人差し指を抉った。

「……」

垂れる血を見つめる。

この血のもとを作ったのは父と母だ。細胞は入れ替わっていくから、生まれ落ちた時の血液など残っていないかもしれない。受け継がれているのは遺伝子だ。

この赤の中を「日下」の遺伝子が流れている。

同じように流れる「桂」を月也は嫌っていた。

（そりゃあ、死にたくもなるよなぁ）

　どうしようもなく自分の中に流れ、受け継がれているものを止めるには、死ぬよりほかないのだから。月也が自分を殺そうとした気持ちは共感できた。これも「日下」だからかもしれない。

（……でも。先輩の半分は望さんなんだよ）

　ちゃんと月也を愛して、この世にもたらしてくれた人。会うことのできなかった存在を思いながら、陽介は指先を水で洗った。食器棚に仕舞っていた薬箱を取り出し絆創膏を巻く。

（望さんもホッとしたかな。先輩が生きるって言ってくれた時は）

　死者にそんな感情はないだろうか。血に導かれるように脱線する思考を戻すように、陽介は包丁を握り直す。絆創膏に違和感を覚えながら、さいの目切りを再開した。

（僕の問題も「血」に収束するなら、結局どうしようもないのか）

　何を考えても「日下」になってしまうのなら、いっそ何も考えないことが正解かもしれない。陽だまりのベランダでつないだ手の温度のように、「I」を他人に――月也に任せてしまえば、こんな悩み事からも解放される。

（もう全部、先輩の好きにしてもらおうかな……）

　思っても、心の揺らぎは落ち着かない。セロリの硬いスジをピーラーで落としながら、陽介はきつく眉を寄せた。

『視野を狭めて、俺をお前の世界にして逃げたつもりになったって、なんも変わってねぇんだよ』

　月也の言葉が、鋭く胸に刺さっている。

（先輩に逃げることも、僕には許されてないんじゃん）

　途方に暮れながら、セロリのさいの目切りを始める。

　別れ際の言葉は、それほど完璧だったということだ。陽介の全てを「日下」にしてしまって、全てを拒絶していった。言葉が致命傷を与えられるなら、あの言葉で充分、陽介は死んでいた。

（先輩の、本気の言葉だったんだな）

だとしたら、受け止めるしかないのだろう。マルチバースの思い出のように、一緒の未来を描いてみたかったけれど、足掻くだけ無様だ。

　心を空っぽにして、月也がくれた芽を未練がましく抱えて、これからは一人で——セロリの青臭く爽やかな香りに惑わされかけていた陽介は、ん、と首をかしげた。

「あの脅迫状はなんだよ？」

　——犯行計画が出来次第、陽介の世界を壊してやるから。

　別れ際の言葉でとっくに壊滅状態だ。月也もそれを狙って、丁寧に言葉を残していったはずだ。「ごめん」とも「ありがとう」とも言っていたくらいなのだから。

　これ以上どこに、破壊できる余地があるのだろうか。

（僕の世界……）

陽介はハッとして包丁を手放す。手先の水分をタオルで拭って、トースターの上のスマホをつかんだ。

（先輩が僕の世界なら！）

心拍に急かされるように、月也からの着信履歴を表示する。コール音の数が増えるほどに不安が膨らんだ。

生きる、と言ってくれた月也だけれど。

今だって、死にたがりの呪いを抱えたままの犯罪者気取りだ。

『……陽介？』

「先輩、生きてますか！」

『生きてなかったら、お前は何と喋ってんだよ』

オバケか、とからかう声とあくびが混ざる。陽介はホッとして、倒れ込むように調理台に寄り掛かった。

「あんな脅迫状送ってくるから、てっきり……」

言葉にすることをためらい、陽介は気休めに眼鏡のブリッジを押し上げる。右の耳につながる月也は、陽介の心情を知っているだろうにケラケラと笑った。

『時差すげぇけど。そっか、俺が死ぬって方法もあったか』

「ふざけないでください！」

『大丈夫。今はまだ、生きていたいって思ってるから』

声がふわりと優しくなる。簡単に心を乱してくる声音をずるく思いながら、やっぱり話せる方がいいと単純に感じてしまう自分に、陽介は笑った。

（きっと、なんでもない、からなんだろうな）

二人の関係の中に、理由も理屈も、名前もないから、傷付け合うようなことがあっても「なんでもなく」話せてしまうのだろう。

この距離感があるのなら。

自分が「日下」でも「陽介」でも、今はなんでもいいような気がした。

「それで。あの脅迫文はなんだったんですか？」

『んー、そのまんまなんだけど。理解するとなると容易じゃねぇから……ちょうどタイミングもいいし、忘れ物届けてくんない？　マフラーとヘアピン』

「なんか、論点ずらされてませんか？」

『さあ、どうだろ。俺はただ、陽介とデートしたいなって』

「馬鹿ですか」

『その反応のせいだよな』

「は？」

『じゃあ、今日の三時に理科大の正門前で。陽介なら来てくれるって信じてるから』

一方的に約束して、月也は通話を終えてしまう。陽介は大きく息を吐き出すと、スマホをトースターの上に戻した。

包丁を握る。途中になっていたミネストローネの続きを始める。

（「犯行計画」ができたわけだ）

世界を壊すという、大胆な犯行計画が。とりあえず現状で分かっていることは、完全犯罪ではないということだ。

（先に宣言するって、本当、見てほしがり屋なんだから）

ふふ、と笑って玉ねぎに取り掛かる。どうにも目が痛くなって苦手だけれど、食材としては優秀だから困った。

煮込んでいる間に、調理器具を洗う。メインのおかずは昨日残したハンバーグだ。月也はいないけれど、二人分のレシピに慣れているから、二回分の食事としていつもの分量で作っていた。

（洗濯は明日で大丈夫だから……忘れ物だっけ）

月也の部屋に向かう。遠慮する気にならないのは、毎朝開けているからだ。昨日は掃除機をかけて、一昨日には布団を干しておいた。

主だけがいない部屋は、寂しくきれいなままだった。

青い星のヘアピンも深緑色のマフラーも、パソコンデスク周辺で見つかった。椅子の背もたれに掛けられていたマフラーだけを取り、陽介は口をへの字に曲げた。

（やっぱ編み目がなぁ）

下手すぎる。こんなものをよく、月也はずっと使い続ける気になるものだ。ちゃんとしたのを買えと言ったこともあるけれど、機能は変わらないと却下された。

（新しいの編んでみようかな）

今ならもっときれいな編み目にできるし、単色ではなく、数色でデザイン性も出せる。勝手に作っても、きっと月也はもらってくれる……だろうか。

（また僕は、先輩に逃げてる？）

編み物は日下的ではないけれど。月也の声が聞こえなくなった途端に、ふらふらと心が迷子になっている。これまでは考えずにできたことができなくなって、一歩動くことすらためらわれた。

（マルチバースの炭酸の泡くらいでよかったのにな）

自分が月也のために何かしたくなるのは、そういう確率試行の宇宙だからだ。それくらい圧倒的に考えなくていい世界なら、どれほどよかっただろうか。

現実は、一人ぼっちの食事に傷付いている。

逃避は、テレビに頼っている。

ニュースによれば、昨日の新型感染症の感染者数は二〇六六人。四桁になってから一気に増えたような不安感があった。ますますどうなるか分からない中で、大阪のテーマパークは、人気ゲームキャラクターのエリアを、二〇二一年二月にオープンすることを目指しているという。

憂鬱になるような話も、わくわくするような話も、同じように報道される。

それが、ひどく現実的に思えた。

昼過ぎの理科大学正門は、当然ながら守衛に見張られていた。多いとは言えないけれど人の往来もある。マスクをしていても同年代だと分かる人たちに、陽介は場違いながらホッとした。

(うちの大学も早く元に戻ればいいのに)

そうすればもっと気分も晴れるだろう。小中学生との交流が増えれば、教員に対する興味をより強く持てるようにもなるかもしれない。この一年で関わってきた子どもたちのことをぼんやりと考えながら、陽介はダッフルコートのスマホを取り出した。

十四時四十分。

約束の二十分前なんて、浮かれていると思われそうだ。電車のダイヤの都合で、たまたまこうなっただけだけれど、月也より先に門の前に立っていることがどうにも癪だった。

(まだかな)

ちら、と門の向こうを覗いてみようとする。守衛と目が合って、作り笑いで会釈した。マスクのせいか、やけに目元がはっきりとして見える守衛だ。眼光鋭いというのとは違うけれど、よく人を見ている視線の動きだった。

(彼女と待ち合わせとか思われてそう……)

感染症下だというのに大学生はこれだから、と呆れられていそうな雰囲気だ。陽介はなるべく見ないようにして、B日程と書かれた看板の横に移動した。

不意に学内が騒がしくなった。

スマホを見れば四十五分になっている。講義時間が終わったようだ。ざわざわと、アメーバのように人の群れが流れ始めた。

群れから、ひょろりとして頼りない、死神のような人物が外れる。

遠目にも月也だと分かってしまう自分にうんざりして、陽介はあえて目を逸らす。気付いていないふりをしてスマホをいじった。

「……………」

スマホに落とした視界の中に、見覚えのある汚れたスニーカーが入る。無視を続けていると、陽介、と電波越しとは違う本物の声が呼んだ。

渋々顔を上げる。白い指先が、鋭く額を弾いた。

「何するんですか！」

「お前こそ、何が『R.I.P.』だよ。柄にもない名前使いやがって」

「あ……やっぱりバレてたんですか」

依頼のふりをした自分語りだったことを。だから、依頼に使ったフリーメールに回答がくることもなかったのだ。陽介は額をさすりながらスマホを仕舞う。視線をさまよわせていると、月也は大袈裟に、マスクの中で息を吐き出した。

「あれが本当の依頼だったら、陽介がマルチバースなんて回答をすると思えない。あん時も言ったけど、マルチバースは投げやりにはなれるけど、この宇宙の依頼人は救えねぇんだからな」

それを是とした。傷付けないという陽介の信念としては、ありだったのかもしれない。けれど、何も解決できていない。

陽介の答えとしては奇妙だった、と月也は気まずそうに頬を掻いた。

「悪かったよ、すぐに思い出せないで」

「……あの時の僕は、どちらでしたか」

今の二人として関係が始まった初期の頃から、「日下」だったのか。

思い出の中に「陽介」を求めてみたけれど、結局分からなかった。月也に見てもらわなければ――逃げていると言われることに怯えて、陽介はあんな形でしか問えなかった。

月也は答えず、手を伸ばしてくるだけだった。

「マフラーとヘアピン」

「……持ってきましたよ」

陽介は口を尖らせる。唇にマスクがふれる気持ち悪さが嫌で、ため息に変えた。まずはサコッシュに無理矢理押し込んだ、深い緑色のマフラーを引っ張り出す。

「こんなんじゃなくって――」

「機能性があればいいんだよ」

陽介を遮るように受け取って、月也はくるりと首に巻く。白い肌と黒い服のモノトーンに足された緑は、月也に似合う色ではない。

月也のイメージに合う色は……思いながら、陽介はダッフルコートのポケットからヘアピンを取り出す。この星飾りのような、宇宙を思わせる青色だ。

「犯行計画ですか」

「ああ。陽介の世界を滅ぼすとびきりの計画だよ」

つまむようにヘアピンを手に取り、月也は鬱陶しい前髪を束ねる。あらわになった二つの瞳が、星のようにキラキラとした光を宿している。

見惚れた。

逸らせなかった。

（やばいな……）

今までの彼が見せたことのない、生き生きとした瞳だ。ちょっとした計画や、イタズラというレベルではない「犯行計画」なのだと、輝きだけで察せられる。

——世界崩壊。

そんな冗談みたいなことは、無理だと思っていた。世界中でパンデミックを起こしている新型感染症ですら、成し得ていないことなのだから。

（そっか。月也先輩ならできちゃうのか……）

恐れるべきなのかもしれなかった。けれど、これを「畏れ」というのだろうか。怖いもの見たさという方が正確かもしれない。終末への憧れのようなものも相まって、ただ、月也の目を見つめることしかできなかった。

「あれ。指どうした？」

月也が視線を移動したことで、陽介は我に返る。左指の絆創膏を隠すように、右手で握った。

「料理中に、ちょっと」

「陽介でもそういうことあるんだ」

「先輩だって、たまに推理鈍るじゃないですか。同じですよ」

「俺がそばにいないからってこと？」

「自意識過剰」

「そうですよ」

ケラケラと笑って月也は歩き始める。

駅とは違うけれど、にぎやかな方向へ。世界崩壊の演出方法は不明だけれど、とりあえず、人気のないどこかに連れ込まれることはなさそうだ。いきなり殺害され、あなたの世界は終わった、というオチだけはなさそうだった。

「今さ、朝井先輩とこに厄介になってんだけど」

気軽な調子で月也は話し始める。ますます、世界の滅ぼし方が分からなくなって、陽介は曖昧に頷いた。

「タダってのも悪ぃから、洗濯とか掃除とかしてんだけど。陽介ってすごかったんだなぁって実感した」

「え……ありがとうございます」

「あとさ、飯。俺って陽介に餌付けされてたんだって気付いた」

「今頃ですか」

　ふ、と陽介は笑う。

「そうですよ。美味しいもの食べると幸せになれますから。死にたいとか完全犯罪とかどうでもよくなるでしょう？」

「まあな。でもきっと、陽介と一緒に食べるってことに意味があったんだって思うよ」

「……出てったくせに」

「出て行ったからこそ」

「……帰ってきてくれますか？」

「俺なんかが戻ってもいいなら」

「夕飯。ミネストローネでもいいなら」

「それ、戻らないと駄目なやつじゃん」

　うん、と陽介は頷く。

　自然と途切れた会話とは裏腹に、町並みはいっそうにぎやかになっている。クリスマスまでひと月もないせいだ。ショーウィンドウがキラキラと、赤や緑や金色で彩られ、感染症の憂鬱さを吹き飛ばすようだった。

「この雑貨屋」

月也の足が止まる。ガレージのような雰囲気のある、お洒落な店の前だった。

「この前、朝井先輩と来たんだけどさ。陽介が好きそうだなって思って、連れてきたかったんだ」

「……犯行計画？」

「え？　俺ちゃんと、デートしようって言ったじゃん」

言葉はとぼけているけれど、青い星に飾られた目が誤魔化せていない。もうとっくに彼の計画は始まっているのだ。

いつから、どこから。

陽介の世界を破壊する――宣言された時からに決まっているのに、何も手掛かりがなかった。いつも「見てほしい」という動機に隙を作る月也だけれど、今回は最初に「見ろ」と告げている。陽介をターゲットにしている。

隙を作る必要がない。

だから、こんなにも「完全な犯行」なのだ。

（「名探偵」も不在だしなぁ）

月也のこれまでの犯行を見抜いてきた名探偵は、アイデンティティから曖昧になっている。自分の軸はなんだったのか。「日下」か「陽介」か。

そんな状況で、誰が謎を解くのだろう？

「この店、BGMがないのがかえって落ち着くよな」

月也に続いて入った店内は、一歩目では暖房よりも冷気の方が強く感じられた。新型感染症対策としてドアが半開きになっているためだ。高い天井でゆったりと回るシーリングファンも、換気に一役買っているのだろう。それ以上に、秘密基地のような、ガレージの雰囲気をよく演出していた。

（確かに、楽しいお店だな）

日常雑貨はアウトドアが似合いそうだ。食品も取り扱っていて、近所のスーパーでは見かけない缶詰や、レトルト食品、ティーバッグのパッケージを見るだけでも面白い。

キッチン用品も一工夫されていて、陽介は思わず足を止める。

「欲しい？」

「え。今あるので充分ですから」

持ち手が猫の姿をしたフライ返しや、猫の形をしたスポンジは可愛いけれど、買い替えるほどのポテンシャルではない。いつか引っ越したついでに一新するのなら、キャラクターで揃えるのもいいかな、と思う程度だ。

「ほんと、陽介って欲ねぇよなぁ」

「そんなことないですよ」

「そんなに俺が大事？」

「……………」

言い返せず、陽介はさっさと奥に進む。ベビーコーナーの棚に、ぬいぐるみがぎっしりと詰まっていた。

なかなかインパクトのある光景だけれど、目にうるさくないのは、どのぬいぐるみも優しい色合いだからだ。それでいてユニークさもバッチリで、お馴染みの犬や猫、ウサギだけではなく、カメレオン、ナマケモノ、お気に入りのハリネズミもいた。

（あ……）

数あるぬいぐるみのなかの一体。カフェオレ色の小犬を陽介は見つめる。記憶の中の小犬によく似たそれを、手に取ることをためらったのは、ちょっとした恥ずかしさからだった。

「どうかした？」

「別に……こういうのって効果あるのかなって思っただけです」

陽介はわざと、近くにあった発熱素材のブランケットを指差す。もこもことした素材は羊のようで、見ているだけでも暖かそうだった。

「そういうのってむしろ、陽介の方が詳しいんじゃねぇの。素材の空気含有量でどうたらって、家庭科か何かでなかったっけ？」

「あー……重ね着とかの話はぼんやりと覚えてますけど。衣服系ってあんまり興味向かなくて。先輩こそ、こういうナントカ開発素材って、詳しいんじゃないですか？」

「俺、マテリアル工学系じゃねぇから。理科大生なんて気取ってるけど、理論系ってそんな華やかじゃないっつーか、実験的に証明されないうちは、日常に役立たない空想家と変わらないっつーか」

「でも。理系探偵はとても役に立ってましたよ」

そこに難しい数式が出てきたことはない。化学式もなかった。量子論をベースとした、ロジカルな語りが、確かに依頼人の日常に影響を与えた。

そういう「理科」は、充分に必要とされるのではないだろうか。

「少なくとも僕は、先輩のお話が好きですよ」

「……ありがと」

「犯行計画？」

「なんでだよ」

「素直な先輩って不気味なので」

「お前なぁ……」

拗ねる月也の横顔に、陽介はくすくすと笑う。そうしてウィンドウショッピングを楽しむだけの時間は、わだかまりを溶かすようだった。

(仲直りのきっかけってことだったのかな)

世界崩壊とは大袈裟だけれど。月也との関係がぎくしゃくしてしまった陽介の世界は、言葉を重ねるうちに壊されていった。

「すてきなお店でしたね」

値段がお手頃でなかったために、何も買えないのが残念だった。落ち着いた照明に慣れた目に眩しい十一月最後の空を仰いで、また来たいですね、と呟いた。

「……俺はまた行ってくる」

え、と陽介は視線を落とす。両手で腹を押さえた月也は、どんよりと店内に戻っていった。理由を問うのは野暮というものだ。陽介はドアから少しずれた壁に寄り掛かり、再び空に目を向けた。

夏よりもサイダーを思い出すような、澄んだブルーだった。

(この宇宙でよかった)

微笑んでべっこう色の眼鏡を押し上げる。

気配に顔を向けると、ケロッとした顔の月也がいた。手には店名の入った、茶色の紙袋があった。

「プレゼント」

「えぇぇ……」

トイレに行ったのは嘘だったようだ。陽介はなんとなく警戒しつつ受け取る。口を止めるセロハンテープを剥がすと、刺繍されたつぶらな瞳と視線が合った。

「あ……」

あの小犬のぬいぐるみだ。

垂れた耳が愛らしいカフェオレ色の小犬を、陽介はそっと取り出す。ふにゃりとしてやわらかく、ふわふわの手触りがやさしい、程よい重さのあるぬいぐるみだった。

いっそう鮮やかに、小犬のことが思い出された。

（でも。なんで先輩がこのぬいぐるみを？）

陽介がカフェオレ色の小犬と過ごしたのは、小学六年生の夏休みのわずか二週間ほどのことだ。家の敷地から出すこともなかったから、日下家に犬がいたことを知る人もほとんどいない。

（偶然選んでくれた？）

それも怪しい。単なるプレゼントだとしたら、相手が喜びそうなもの――ぬいぐるみの棚の中なら、ハリネズミを選ぶ方が確実だった。

それをせず、的確に、陽介が気に留めたぬいぐるみを選んだ。あの時陽介は視線を向けただけで、ふれることもしなかったのに。

（でも、僕と小犬の関係を知ってるのって……）

家族を除けば、おそらく一人しかいない。

日下家の前に、カフェオレ色の小犬を棄てていった犯人――

「先輩……」

「お茶でもしようか」

立ち話もなんだから、と月也は陽介を促して歩き始める。雑貨屋の数軒先に、附属の女子中学生を誘ったコーヒーショップと同じ、チェーン店があった。

頷いて、陽介はぬいぐるみを紙袋の中に戻した。

「…………」

ホットのカフェモカを注文して座っても、陽介はすぐに思考を言葉にできなかった。さまよう気持ちを慰めるように、袋からぬいぐるみを取り出す。

(先輩が犬を棄てた犯人……)

心が、可能性を受け入れることを拒否していた。

桂月也は今でも、完全犯罪を考えるような物騒な思考をしている。けれどそれは、愛されなかった反動だ。

死ねばいいとすら考える、義理の母の呪縛だ。左脇腹に、今もなお残っている傷のように。彼の「軸」となってしまっている狂気だ。

殺されかけたから、殺してもいい――

(「命」の意味を知ってる人だと思ってたのに……)

理不尽に扱われたことのある人だから、理不尽に扱ったりしないと思っていた。呪われた軸が理性となって、同じ境遇を生み出すことを拒むのだと。

犬の命を、雑に扱ったりはしないと、思いたかった。

(でも。放火犯だし、ナスは殺すし、精神的に追い詰めるのは好きだし……先輩自身はすぐに死んでもいいって思ってやがるし)

ぬいぐるみの瞳を見つめ、陽介は眉を寄せる。

放火魔の夏に見つけた時から、なんとなく、月也は本当には傷付けることのできない人なのだと思っていた。朝井永一の件のように、犯罪者ぶって別の可能性に導くような、ダークヒーローのイメージを抱いていた。

棄てられた小犬を拾うことはあっても、棄てるような姿が浮かばなかった。

（幻想だったかもな）

月也を世界のすべてにしてしまったから、都合のいいようにしか見えなくなっていたのかもしれない。そんな閉じたものの見方は、日下的ではないだろう。マイナスの中にこそ自分がいるような気がして、陽介は苦笑した。

「陽介」

どろりとした気持ちに囚われかけたタイミングで、月也が名前を呼ぶ。顔を上げれば、前髪のヴェールのない瞳とぶつかった。ホットのハニーラテをすすって、彼は笑った。

「聞かせて」

「でも。僕はもう『名探偵』ではないですよ」

「俺はただ、陽介の思い出が聞きたいんだよ」

それなら、と陽介はゆっくりと瞬く。小犬遺棄事件の真相を考えなくてもいいのなら、ぽつぽつと思い出をこぼしていくだけなら、まとまらない思考でもできそうだった。

あれは――

「僕が小学六年生の時の、夏休みでした。ラジオ体操に行くために門を出たら、すぐそこに、カフェオレ色の小さな犬が棄てられていたんです」

夜か、日の出前に置かれたのだろう。小犬は側面にひびの入ったリンゴの木箱に、使い古されたバスタオルと一緒に入っていた。

　段ボール箱ではないことが珍しかった。けれど、そのことが、小犬を棄てた誰かに関する手掛かりになるような地域ではなかった。

　ほとんどの農家がリンゴを栽培していた。収穫用の木箱など、どこの家にもあった。

「棄てられたっていうのに人懐っこくて。僕が手を伸ばしたら、甘えるみたいに頭をこすりつけてきました」

　陽介はぬいぐるみの頭を撫でる。耳の感じが、あの小犬とよく似ていた。

「可愛かったのは確かですけど、単純に放ってもおけなくて。父に相談したら、うちでは飼えないの一点張りで、僕の意見なんてちっとも聞いてくれませんでした」

「でもお前、一緒に庭とか走り回ってたじゃん。結構楽しそうにさ」

「……なんで知ってるんですか？」

「いや、まあ、たまたまだって。偶然、ひょんなきっかけ的な」

「へぇ、どんなきっかけですかね。先輩と僕の家、たまたま通りかかるほど近くないですけどね」

「まあ、そうは言っても、何事にも起こる確率はあるわけで。それこそマルチバースなんて、無限回の試行回数の中にこの宇宙を――」

「はいはい。つまり先輩は、うちにまで見に来ていたんですね、たまたま」

「……まあ、俺には見届ける責任があったから」

ごにょごにょと、月也はコーヒーカップの中にもらす。やはり彼が小犬遺棄の犯人のようだ。名探偵を気取る気持ちのない今、わざわざ指摘せず、陽介はぬいぐるみを膝上に座らせる。カフェモカのカップを取った。

「飼い主が見つかるまでの期間限定だったんです。町の相談役たる『日下』として、無下に棄ててこいとは言えなかったんでしょう。同じ理由でうちに置くこともできなかったんですけどね」

犬を苦手とする人が、相談に来ることだってある。誰でも平等に、気楽に訪ねやすい環境を維持しておくことが「日下」の務めだと、陽介の父は訛りのある穏やかな声で語っていた。

それは、敷地の外で散歩することを許さなかったほどだ。「日下が犬を飼い始めた」という姿を見せることを避けるほどに、父の頭は固く徹底していた。

幸いだったのは、日下家が広かったことだ。月也が見たように「一緒に走りまわる」ことが可能だったのだから。

「残念ながら、小犬とは、夏休みが終わるまでの二週間ほどの付き合いでした」

父の人脈を辿って見つけられた新しい飼い主は、県内在住ではあったけれど、日本海側に住んでいた。陽介が気軽に会いに行けるような場所ではなかった。

わざとだったのではないか、と陽介は勘繰っている。

町内に小犬がいたら、陽介は気に掛けただろう。新しい飼い主のことを、無意識的であったとしても、優遇するような考え方にもなったかもしれない。平等な相談役「日下」として、それはあってはならないことだった。

小犬は邪魔者として、正しく棄てられたのだ。

「たった二週間でしたけど、僕には特別な時間でした。ずっと続くことが叶わなかったのは、血の呪いのせいかもしれませんね」

わざと笑って、陽介はカフェモカをすする。ハニーラテを口に運んだ月也は、ひどくホッとした様子で長い睫毛を伏せた。

「そっか。俺はてっきり、『日下』でも保健所送りにするしかなかったのかって……」

「ええ、僕も一度はそう思いました」

「え？」

「朝起きたら、父と小犬がいなくなっていたものですから。遠くの知り合いに届けるために、早くから出掛けていたってだけだったんですけど。僕には事後報告だけで、お別れの時間もくれなかったんです。ひどいでしょう？」

頬を膨らませて、陽介はカップを置く。膝上のぬいぐるみを持ち上げて、ねぇ、と語りかけた。

「でも、こうして話せてよかったです。あの二週間は、先輩がくれたものだって分かりましたから」

「いや、俺って決まったわけじゃねぇだろ」

「決まってますよ。さっきの滑らせた口を抜きにしたって、分かります。このぬいぐるみを選んでくれた時点で分かりましたから」

陽介はくるりと、ぬいぐるみを月也に向ける。右腕をつかんで振ってみせた。月也はついと目を逸らし、不愉快そうに脚を組む。

「まあ、小犬とお前の関係を知ってる奴が少なすぎるからな。これ以上悪足掻きするのもエレガントじゃない。ご想像通り、俺は動物愛護法違反の犯罪者だよ」

「また、そうやって悪ぶるんだから。確かに違反はしてますけど、先輩は誰かの身代わりに罪を引き受けただけなんでしょう？」

「へぇ……調子戻ってきたんじゃねぇの、名探偵」

「名探偵じゃありませんけど。先輩が小犬を遺棄したのだとすると、一点、奇妙なことが生じますから」

「ふぅん？」

月也は背もたれに深く寄り掛かると、観察するように目を瞬かせた。陽介は微妙な居心地の悪さを感じ、あえてぬいぐるみに向かってロジックを披露する。

「小犬が入っていたのは、リンゴ農家にお馴染みの木箱です。側面にひびが入っていましたから、使われずに放置されていたものでしょう。ゴミに出すには解体の手間がありますし、ひび割れ程度なら農具や小物などを入れて使ったりもできますから、小屋の隅にでも置かれていたんだろうと思います」

「それが？　まさか、段ボール箱じゃないから俺が身代わり犯ってわけじゃねぇよな」

「そうですよ。だって、先輩の家にはリンゴ箱なんてないでしょう？」

桂は代々政治を行ってきた家系だ。分家して農業を始めた家もあるけれど、本家たる月也の家は農業に従事していない。当然ながら、木箱も置かれてはいなかった。

「小犬を棄てるために盗んでくるというのも奇妙でしょう。誰かの小屋から木箱を盗ってくるくらいなら、スーパーの無料段ボールを持ってきた方がリスクも低いですし。となると、木箱を提供した誰かがいるって考えたくなります。違いますか」

「どうだろうねぇ」

「素直じゃないなぁ……木箱を提供した誰かさんですが、仮に小犬を入れたいと相談されたなら、やっぱり段ボール箱を用意してくると思うんです」

「犬なんて思ってなかったとしたら？」

「それも奇妙ですよ。箱が欲しいと頼まれたら、何を入れるのかも気に掛けるものでしょう？　サイズとか強度とか、一口に箱と言ったところで色々あるんですから。とはいえ、先輩からお願いするはずもないんですよね。盗むほど不自然ではないにしても、箱の調達なんて、近所のスーパーで可能なんですから。誰かを巻き込む必要がありません」

だから、と陽介は乾いてきた唇をカフェモカで湿らせる。

「木箱に小犬を入れて持ってきた誰かがいる、ということですよね」

「エクセレント」

参ったと示すように肩をすくめ、月也は脚を組み直した。妙にサマになる仕草でコーヒーカップを持ち、ハニーラテを口元に運ぶ。

「まあ、そいつも棄て犬を保護しただけだったけどな。そん時の段ボール箱は雨でボロボロになってて、とりあえず家にあった木箱で代用したらしい。飼えないことは分かってたんだから放っておけばいいものを、アイツもとんだお人好しだったな」

「飼えないことが分かっていた？」

陽介は首を捻る。

壊れた木箱を置いておけるような農家だったなら、犬小屋を置くスペースだって確保できそうなものだ。それなのに、飼うことが不可能だった。

（アレルギーとか？）

家族の誰かに事情があった。それでも見捨てられなかった「誰か」は、飼い主探しを月也に依頼した。町の相談役「日下」でも、政治家としての伝手が豊富な「桂」でもなく、彼に。

「……誰かさんは、先輩の同級生？」

イエス、と月也は微笑む。

月也と同じ中学一年の誰かだったなら、大人よりも、身近な彼を頼るだろう。陽介を選択しなかったのは、小学生という頼りなさからかもしれない。単に、月也との接点の方が多かったからかもしれない。

いずれにせよ、誰かは月也を頼り、月也は飼い主探しを引き受けた。

結果、日下の家の前に遺棄するという行動に出る。自分で探すよりも、人脈のある「日下」を利用した方が早いと判断したのだ。

おそらく、「日下」ならば殺さないという計算も働いていた。飼い主探しをするまでもなく、日下家の犬とするシンプルなパターンも考えられていたかもしれない。月也が考える限りでは、どこよりも安全な遺棄場所だったのだ、日下の家の前は。

「僕、完全に巻き込まれただけですね」

「でも、楽しかったんだろう?」

否定できず、陽介は口を尖らせる。あの時の小犬そっくりのぬいぐるみを嬉しく思ってしまうくらいには、特別で、楽しい時間だった。

月也が絡んでいたと分かった今は、思い出以上に大切になったような気さえする。

(見ていてくれたんだもんな)

小犬との、たった二週間の日々を。

自分以外の存在も知っていてくれることに安心感があるのは、何故だろうか。作り物の記憶ではないと、お墨付きをもらったように感じるからかもしれない。

時を経ても、共有できることに、気付けたからかもしれない。

（あれ。でも、先輩はなんで見ていてくれたんだっけ？）

カフェモカをすすり、陽介は眉を寄せる。小犬の様子を一番気にしていたのは、月也に依頼した誰かの方だろう。日下家への遺棄を実行した月也は、責任転嫁したとも言える。そんな彼が、ずっと様子を窺ったりするだろうか。

しかしながら、月也は言っている。

――俺には見届ける責任があったから……。

（先輩に依頼した誰かさんは、見届けることはできなかった？）

カップを置き、陽介はぬいぐるみにふれる。顕微鏡を覗き込んでいる時のように、不意にクリアな映像が見えたような気がした。

「先輩に小犬のことを頼んだ、同級生の誰かさんは、転出してしまったんですね」

「へぇ、そこまで気付いたか」

愉快そうにハニーラテを飲み干すと、月也は腰を浮かせる。陽介の膝上から、カフェオレ色のぬいぐるみを取り上げた。背もたれに戻った月也は、ぬいぐるみの目を見つめて語り始める。

「あいつの転居先ってのが社宅で、ペットは禁止されてたんだ。実家のじーさんばーさんは、多少膝や腰に問題があっても元気だったし、リンゴ栽培も現役だったけどな。小犬の面倒を見られるかどうかって考えると、あいつ的には将来に不安を感じたらしい。だから、祖父母を頼らずに俺の方を頼ってきたわけ」

「……単身赴任とか、そういう選択にはならなかったんですね」

「それは『日下』だから思うんじゃねぇかな。あいつの親父さんとしては、そこそこ元気な親の面倒を見るよりも、息子を広い世界に連れ出すことを優先したらしい。俺としてはそっちの方が好感持てるけどね」

「すみません」

「なんで、陽介が謝んの」

「だって、『日下』っぽいのはイヤだって……」

——俺は、陽介と一緒に生きたかった。でも、ここには「日下」しかいないんだな。

あの日の言葉は、どうしようもなく胸に刺さっている。こうして一緒に歩いてきて、一緒にコーヒーを飲んで、いつも通りが戻ってきたと感じても、一度できた傷は簡単には癒えない。

もしかしたら、癒したくないのかもしれない。

この痛みを「軸」にすれば、「日下」ではなく「陽介」になれるかもしれないからだ。

「そうだな。俺もずっと『日下』のことは敵だと思っていたはずなんだ」

「……思っていた？」

どうして過去形なのだろうか。戸惑う陽介の膝にカフェオレ色の小犬が戻ってくる。なんとなく感じ取った不安に、陽介はぬいぐるみをぎゅっと抱きしめた。

「これは単なる俺の思い出話なんだけど」

静かに語り始め、月也はカップを持ち上げる。空だったことに気付いた彼は、新しく注文に向かった。好んで飲んでいるアイスココアを手に戻ってくる。

「今の小犬の時なんか、本当に困ったんだよ。思わず引き受けちまったけど、親父は協力してくれるはずねぇし、あん時はキヨを頼るって発想もなかった。いや、根本的に誰かを頼るってことが考えられなかったんだ」

最も身近な家族から拒絶されていたら、そうもなるだろう。頼り方が分からない。あの町でずっと見ていた、月也の暗い「目」を思い出し、陽介はぬいぐるみを抱く腕に力を込めた。

「それでも『日下』ならなんとかしてくれるんじゃねぇかって。俺だってあの町で生きてきたんだ、自然とそう思い浮かんでた。この意味、陽介なら分かるだろ?」

陽介は答えず唇を噛む。何かを察して痛む心臓に、ぬいぐるみの手触りが優しかった。

「無条件に頼っていいって。そういう存在があるってことが、どれほどの救いになってるかなんてさ、考えるまでもねぇよな。小犬一匹だって見捨てたりしないで、ちゃんと飼い主見つけてくれたんだろ」

「……………」

「まあ、陽介には二週間の思い出にしかならなくて、不満も与えちまったみたいだし。俺は俺で保健所送りにされたと思って、なんとなく『日下』に不信感持つようになって。もともと『桂』のことで苛立ってたし、年齢的なことだったり、町のことだったり、色々重なっていく中で、『日下』のことも素直に捉えられなくなっちまったけどさ。でも」

カラン、と月也はココアの中の氷を鳴らした。

「ちょっと視点を変えてみるとさ、俺って本当に一人だったことあったのかなって。陽介が見つけてくれる前でもさ、思い出してみると『日下』がそばにいてくれたんだよな。もちろん、それは陽介でもあったんだけど、どっちかっていうと『日下』が『桂の子』じゃなくて『月也』のそばにいてくれたんだよ」

「………」

「お前の七五三の時とか、なんか呼び出されたし。でも、何をするわけでもなくって、お前と千歳飴食っただけなんだけど」

「……覚えてます」

「神楽の準備の時とかも、日下の親父さんに言いつけられて、一緒にみんな分のアイス買い出しに行ったりとかしたよな。どっちも荷物持ちたくなくって、いっつもジャンケンになってたけどさ」

「……覚えてます」

「お前に連れ出されて行った初詣の時は、お年玉もらったな」

「ええ。肉まん代程度でしたけど」

「それが『日下』なんだよ。俺が堕ちないようにそばにいて、優しさをくれた人たち」

「………」

「陽介に流れている『血』はそういう血なんだよ。連綿と受け継がれている、大地のような優しさと強さを持ってる叡智だから。『日下』であり『陽介』でよかったんだ。それなのに、俺はちゃんと見てなかった。ごめんな、陽介」

カラカラ、と月也は氷を掻きまわす。小気味よい音は、世界が壊れる音にしては軽く、あっけなく響いて陽介には聞こえた。

（……だって。そんな風に観測されちゃったら）

日下陽介でいい、と言われてしまったら。

反発することもできない。カラカラ、と優しく崩れていくままに、自分の世界が壊れる様を感じるしかない。

「ああ……」

世界崩壊とは〈観測〉のことだったのだ。

世界は、観測によって立ち現れる。だとしたら、観測者の視点が変われば、それまでの世界は崩れ去ることになる。月也がくれた、新しい視点で捉え直せば。

反抗心で見ていた「日下」の世界は。

勝手に抱いていた「日下」は悪だという世界は……。

陽介はぬいぐるみを左腕に抱え直し、右手を開いた。親指の付け根にできた、草刈ガマの傷痕を見つめる。

（そういえば、怪我の直後だったっけ……）

父が祖父の反対を押し切って、田んぼの古い墓を集合墓地に移動した。だとすれば、あの時の「うつさな」は。

（鬱サなるじゃなくって「移さな」じゃん）

小学四年生の時にはもう、そんなことさえ分からなくなっていた。きっかけは些細なことで、国語で書かされた作文だ。陽介は「将来の夢」を語ることができなかった。ずっと「日下」にされると思って、何も考えてこなかったせいだ。クラスメイトも「日下」になると決めてかかっていた。だから、いつまでも原稿用紙は真っ白だった。

最悪だったのは、あの作文が、参観日のために決められた課題だったことだ。保護者たちの前で発表しなければならない――嘘でも父に憧れていると、書かなければいけない気がした。

空っぽの中に、求められる「日下」を入れて、いっそう自分をなくしてしまった。

（ああ、でも……）

カラカラ、と月也がストローを回す音がする。

歪んでしまった記憶が、小さく、頼りなく、崩れていく。

（父さん変なこと言ってたな）

参観日からすぐの土曜日。リンゴの摘果（てきか）を手伝わされていた時だ。母から作文の話を聞いたらしい父は、選ばれなかった小さな実をつまんで首をかしげていた。

『夢って一つなのかなぁ』

陽介は無視して、別の枝のリンゴの実を見つめていた。

『小さいうちは、いっぱいあってもいいと思うんだよねぇ。大きくなる中で摘果して、育てたいものを決めればいいと思うんだじゃ』

『……でも。摘果って人が勝手に決めちゃうじゃん』

『一番向いていると思うものを選んでいるだけだじゃ。だから僕は、陽介に向いているものを示しているつもりなんだよ』

どうせ「日下」を継げという意味でしかない。陽介はわざと、大きくなりそうな実をつまみ取った。

『まわりの期待があったって、必ずしも実るわけでもねぇしなぁ。なんであれ「成せる」ってことは誇っていいと思うけどねぇ。そこに嘘がないのなら』

あの時。父の真意はよく分からなかった。ただ、作文の嘘がバレている気がした。

責められていると思って、子どもの陽介は逃げ出した。

それからずっと、今まで、逃げ続けていた。目を背けて、気付かないことにして。そうしていないと「日下」に捕まってしまうような気がしていた。けれど……カラカラと氷が鳴っている。

もし、父が、月也が頼ろうと思えた人だったとしたら。

本当に、連綿と続く「知」があるのだとしたら。

（あれって単純に、嘘はつかなくていいって意味だったんじゃ……）

嘘をついてまで「日下」のふりをしなくていいと、言ってくれていたのかもしれない。まだ、子どもだったから。空っぽになどしないで、自由に色々なことを夢見ていてもいいと、示してくれていたのだろう。

それでもいずれ一つになって、「日下」が実る時が来ると、父は考えていたのだ。

――陽介ばおる方が賑やかサなるな。

夏。帰省した時の言葉のように。

彼自身の感覚を信じて、待ってくれていた。きっとそこに嘘はなく、また、現役の「日下」としての役目もあった。町に望まれ、町のことを考える以上、次の世代を絶やすことはできない、と。厳しい言葉も、彼は隠さなかった。

(たぶん、今と昔と、町と家のギリギリで、僕のことを考えてくれてたんだ)

祖父が食べようともしなかった手料理を、父はあれこれ言いながらも残すことはなかった。編み物だって、使ってはいなかったけれど、捨てたりもしなかった。

もっと古い記憶でも、父は笑っていた。

(赤いランドセルだって、カッコイイって言ってくれてたんだよなぁ)

消防団員の伝手で、消防車に乗せた影響だと分かっていたからだろう。結局黒いランドセルになってしまったけれど、父がそうしたわけではなかった。

(父さんって僕のやること、本当の意味で否定したことあったっけ)

文句は言う。やかましい理屈だって口にする。時には邪魔するようなこともしてきたけれど、陽介を試していたとも考えられる。

大学に現役で合格しなければならなかったことも。遠雷の夏に、学費を調達しなければならなかったことも。

乗り越えたことは、あっさりと受け入れるのが父だった。

だから今、陽介は「ここ」にいる。

町にも「家」にも閉じ込められることなく、月也の前にいる。

月也が「いる」ということだって答えだ。幼い日の彼を一人にしなかった。生まれにまつわる不祥事を秘匿して、町の静けさを保ったことも、月也が「ふつう」に過ごせるようにしたという側面がある。

おそらく、母もそのことを分かっていた。だから春先に電話した時、彼女は月也の身の方を案じたのだ。

元気にしているか、と。ちゃんと世話をするように、と。

あれはたぶん、「見守れ」という意味だった。

（ああ、そっか。僕はずっと貰ってたんじゃん……）

この時間を。

二人の時間をくれたのは、どうしたって父だ。

千歳飴の時から、ずっと。ルームシェアを続けている今日まで、父は、月也との時間を奪わなかった。認めてくれていたのは、それこそ「日下」としてなのだ。

あの「目」をさせないために。

(僕らはずっと、守られてたんだ……)

少し、癪ではあるけれど。そんな思いさえも、カラカラ、と鳴る氷の音によって崩れ去っていく。新しい観測による気付きが、世界を変えていく。

逃げる必要なんてなかった。

否定する必要もなかった。

陽介にとって大切な人を、大切な時間を、守ってくれていたのだから……素直に、頼ればよかったのだ。カラン、と氷が溶けた。

「先輩。僕の眼鏡はずっと曇っていたんですね」

陽介は傷ごと右手を握りしめる。あーあ、と天井を仰いだ。心の中のまっさらな空に呆れるような気持ちで。

(僕のアイデンティティってなんだったんだろ)

幻想によって作られた存在しないものだったのだろうか。それでも、それとして生きてきたのだから、そこに自分は在ったのだろうか。

すっかりひび割れて、砕けて、足元が分からない。奇妙な浮遊感があるのに、月也がくれた「芽」は変わらず一緒に浮かんでいたりする。

たぶん、「宇宙」とはこんな空間だ。

上も下も、右も左もない。

それなのに、観測の限界として地平線が存在している。何もないようで、何かに満ちていて、いっそ清々しかった。

だんだんおかしく思えてきて、陽介はくすくすと笑った。

「あー……」

「……陽介？」

「いえ、大丈夫です。ただ、まさか本当に世界をぶっ壊されるとは思わなくって」

「それが、科学の役目だからな」

伝染したらしく、月也もケラケラと笑う。

すっかり、いつものベランダ気分で笑い合った。

「すみません。他のお客様が気にされていますので……」

感染症のせいで敏感になっているのだろうか。店員に小声で囁かれ、二人は急いで残りを飲み干す。そそくさと店を出ると、空はすっかり眩しさを失っていた。

明日から十二月だと気付き、急に寒さが増したように感じた。

「そういえば、あの小犬ってなんて名前だったの？」

駅へと歩きながら、月也が首をかしげる。陽介は紙袋の中に視線を落とし、懐かしい痛みを終わらせるようにゆっくりと瞬いた。

「付けませんでしたよ。別れが決まってましたから」

「じゃあ、俺が付けてもいい？」

「犯行計画？」

「なんでだよ」

「柄じゃないなって。でも、月也先輩に付けてもらえたら嬉しいです」

紙袋から取り出して、月也に持たせる。彼はあっさりと返してきた。

「イプシロン」

「らしいですね」

「そう？」

「ギリシャ文字でしょう？　理科っぽいじゃないですか。それにイプシロンって、日本のロケットの名前でしたよね」

「ああ。でも俺としては、鏡として贈りたい名前なんだよね」

「鏡？」

「月は太陽の鏡だろう？」

月也は、星のヘアピンに飾られた目をきらめかせて、ニヤリと笑った。

「陽介。今ならもう、お前も逃げなくて大丈夫って分かったんじゃねぇの」

「………」

「不安だってんなら、俺の手でよければいくらでも貸すからさ」

「はい。じゃあ、一緒に理論を証明する実験を行いましょうか」

ロジックだけでも、充分、陽介の世界は崩壊したけれど。本当の意味で壊すためには、

〈実験〉を行わなければならない。

父、日下高徳と向き合った時、新しい観測による世界が立ち現れるだろう。

＊ε［イプシロン］

第7話　太陽と月のオブザーブ

十二月二十四日――

新型感染症と共に迎える初めてのクリスマスイブは、イベント縮小の効果もあってか、出歩く人の数が少ないように感じられた。あるいは、時間帯の問題かもしれない。午後二時過ぎではイルミネーションは輝かず、木曜日ということもあって、平日という雰囲気の方が強かった。

それでも、かつて北の玄関口と呼ばれた駅構内には、クリスマス色があったのだ。サンタの帽子をかぶって接客しているケーキ屋があったし、店舗前のメニュー看板にもクリスマスが感じられた。

一変したのは、新幹線改札口を抜けた瞬間だ。

一気に人の姿がなくなった。高徳に指定された地下三階コンコースに辿り着けば、関東だということを忘れそうになった。

ただ広いばかりで殺風景。

等間隔に並ぶ柱が、地下神殿と称される首都圏外郭放水路を連想させるそこには、とうとう誰の姿も見つからなくなった。ぽつんとあるオブジェがまた、寂しさを増していた。

「なんか、せっかくのクリスマスにすみません……」

新幹線ホームへと続くエスカレーターの近く、広場と称された場所に設置された六角形の椅子に座り、陽介はどんよりと肩を落とす。右隣の椅子でメッセンジャーバッグをおろした月也は、軽く肩をすくめた。

「仕方ねぇだろ。木曜じゃないと、俺バイト休みじゃなかったし。最近は感染者数増えてるから、シフト外で休みとれる雰囲気じゃなかったし」

「だからって、向こうとの調整でクリスマスって……せめてお出かけスポット的な……」

「親父さんと俺らで？」

「絵面がひどいですね」

陽介はため息をつき、抱えていたトートバッグを背後に置いた。十二月に入ってすぐ連絡をもらって取りに行った、横沢リメイクのバッグには、二匹のハリネズミが星を眺めている刺繍が施されていた。

刺繍を保護する目的で足された内袋は、星のドット柄だった。中を見やすいように配慮してくれたのだろう、白をベースに水色の星が点在していて、それだけでも横沢のセンスが光っていた。その上で、物が落ちにくいように口をしぼれる巾着仕立てにしてあったのだから、陽介はただただ感動するしかなかった。

一番のお気に入りポイントは、やっぱり、刺繍部分だった。

宇宙とハリネズミ。

何かを察してくれたのかもしれない。一匹ではなく二匹というところが嬉しかった。そんな、陽介の好みをしっかりと反映してくれたバッグを持ってきたのは、お守りとしてだ。自分の言葉が届いた人がいる……その象徴のようで、今日の〈実験〉を後押ししてくれる気がしたのだ。中にいる、カフェオレ色のぬいぐるみ、イプシロンも含めて。

一方、月也の黒いメッセンジャーバッグも、ある意味ではお守りだった。

あの中に入っている、A4サイズの封筒が……。

「しかしなんで、こっちの駅なんだろうな。終点の方が楽だったのに」

「ええ。どうもこの広場を知っていたみたいで、感染症の最中に人混みに行くわけにはいかないから、ちょうどいいって考えたみたいです。終点だと東海道線も乗り入れていますし、東北上越方面の人も、どちらかと言えば向こうの駅を使いますしね」

「俺らに来いって言わなかったんだ？」

「言われると思ったんですけど……僕が『会える？』って聞いただけで、なんか察してくれたみたいで。ほとんど何も話さずに段取りが決まってました」

「怖ぇな『日下』」

「現役ですしね」

ふ、と陽介は短く笑う。以前ならそれは、苦い思いや嘲りしか含まなかった。今は、どう捉えたらいいか迷っている。マイナスの感情はないけれど、いきなりプラスになるわけでもなかった。

それも、会えば見えてくるだろう。

コンコースに、東北新幹線上りの到着を告げるアナウンスが響いた。

「いよいよだな」

「いよいよです」

緊張に唾液を飲む。それきり、月也とも話せなくなった。

何分か。何十分か。時間の流れ方が奇妙に感じられる中、足音が響く。ホラー映画を見ている時の緊張感にも似たプレッシャーを感じていると。

「やあ！」

ひょこっと壁から顔を出した高徳は、ニコニコと目尻のしわを深くしていた。あっけにとられるほどの笑顔だと思えば、マスクもしていない。広場までの間に外したようで、よそ行きの黒いコートのポケットから、白いゴム紐が飛び出していた。

「元気してらった？　あ、これかっちゃからな。冬季限定のチョコ煎餅。陽介は土産なんて夏にちびっと買っててたくらいだすけ、食ったことないでしょ？」

「……え、ありがと」

押されるままに、陽介は土産物屋の名前の入った紙袋を受け取る。冬季限定商品ということは熱に弱いだろうに、ホットのブラックコーヒーとココアの缶が入っていた。ココアの方を月也に渡す。

「僕が学生の頃は、修学旅行と言えばここに集合したもんなのになぁ。すっかり寂れちゃったね。まあでも、内緒の話をするにはちょうどいいのかなぁ」

マイペースに、高徳は陽介と向かい合うように座る。マスクが入っていないポケットからコーヒーを取り出し、小気味いい音を立てて開けた。

夏のいざこざを感じさせない、陽気さだった。

今の状況を見て判断する、いかにも「日下」らしかった。

「さあて、僕サどんなお話かな？」

きら、と古臭い眼鏡の縁を光らせて高徳は首をかしげる。陽介は月也と顔を見合わせ、まずは自身のリズムを取り戻そうとする。その沈黙を、高徳は笑い飛ばした。

「ああ！　もしかしてあんま訛ってないから不思議だったりするのかな。あれば、町のじさま、ばさまに合わせてらだけだよ。古い人ほどその方が安心するみたいなんだよね。でも、君らには必要ないでしょ？」

ここなら誰も見ていないしね、と高徳はコーヒーをすする。「あ、うん」と頷いて、陽介もとりあえずコーヒーを開けた。ペースを奪い返さないと、と思うほどに何から話せばいいのか分からなくなる。月也もすっかり戸惑った様子で、ちびりとココアを舐めた。

「それとも、内緒話って分かってたことが不思議だったのかな？」

「あ……だから、帰ってこいって言わなかったってこと？」

「んだよ」

高徳は、ふふん、と自慢げに鼻を鳴らした。

「未来の『日下』に種明かししてあげるとね、陽介が『会える？』って言ってきたからだよ。言葉の選択と、わずかに震えた声の調子を合わせれば、何かあるんだなぁって察することは簡単なんだじゃ」

例えば、と高徳は、伝授するように陽介の目をまっすぐに見た。

冬休みを利用した帰省だったなら、会えるかどうかを気にしたりしない。むしろ気掛かりとなるのは、駅まで迎えに来てもらえるかどうかだ。

その場合、第一声が「会える？」とはならない。

帰るのにちょうどいい日程の話から始まる方が自然だ。先走って切符を調達してしまっていたのなら、どうにか都合を付けてくれと騒ぐことになっただろう。

十一月の終わり、電話をしてきた陽介は、そうではなかった。

「親子で逢瀬の確認なんて話も奇妙でしょ。なのに『会える？』って表現を選んだのは、二人きりで、まあ、月也くんはセットだろうなって気はしたけど、人目につかない状況で会うことは可能かどうか知りたかったから。内緒の話がしたいって気持ちは、三文字からでも充分、想像できるよねぇ」

だから、地下三階コンコース奥を指定した。

始発・終点の駅が変わり、寂れてしまったことを知っていたから。そして、仕送りを拒む学生の二人に運賃を払わせることなく、感染症にも配慮でき、ゆっくり話せる雰囲気もある。

「何より、僕も君らも、駅を出ることは望ましくないと思ったんだ」

「どういうこと？」

陽介は首を捻る。帰省を避けたかったのは確かだ。けれど、万が一呼び出されたなら、陽介は気にせずに改札を出ただろう。

月也は、ココア缶の縁を舐めると眉を寄せた。

「互いのアウェーを避けようってことだろ。駅、線路上はボーダーラインってわけだ。改札を出ちまったら、相手の生活圏になっちまう。土地の効果のない、平等な場所で話し合おうとしてくれてんだよ、陽介の親父さんは」

「そう！　やっぱ月也くんの頭の回転は速くていいねぇ」

パチパチと、高徳はわざわざ缶コーヒーを置いて拍手する。地下神殿のようなコンコースに、乾いた音はよく響いた。

「それだと生きづらいよねぇ、月也くん」

「……別に」

「だから、うちの子を仕込んでくれたんでしょ。同じ視点で話せたら嬉しいもんねぇ。おかげで歴代の『日下』の中でも優秀な子に育ってくれたなぁって、僕としては感じてるんだけどね」

　にこにこと、高徳はコーヒーを持ち直した。なんでもないようにパッケージを眺めて、ふうっと細長いため息をつく。

「おかげでちょっと捻くれちゃったかなぁ」

「それは先輩のせいじゃないから。僕が勝手に『日下』を嫌ってただけで」

「あぁ、やっぱり嫌われてたんだねぇ！　とっちゃは悲しいなぁ。ちゃんと大学サも行かせてやってるってのにあんまりでねぇの」

「反対してたくせに」

「だってねぇ、家庭科の先生って。全国的に見ても男性が少ない職業なんでしょ？　そんな困難なこと言い出したら、親としては止めるのが筋じゃねぇのかなぁ」

「え……？」

　陽介はコーヒーを飲もうとしていた手を止める。パチパチと瞬いて、高徳の表情を窺った。穏やかに微笑むばかりで、かえって心理を読み取りにくかった。

「だって、男が家庭科はオカシイって」

「んだよ。それは思ってらよ。偏見ってへればそうなんだろうけどね。町の中にそういう『目』の方が多いなら、僕はちゃんとそれを伝えるよ。陽介の心ば守るってのは、何もイイコトだけを言うことを意味しないんだ。嫌な言葉も受け止められねぇようじゃ、本気とはへれないしなぁ」

「え、じゃあ、僕は先生になっていいの？」

「陽介が嘘偽りなく、なりたいって思ってるならねぇ。別に教員と『日下』は対立するもんでもねぇし。農業なら茂春の方がよっぽど役に立ってるすけねぇ」

「だったらなんで、いっつも帰ってこいって」

「そうへねば、町サ示しがつかねぇからだねぇ」

面倒くさそうに高徳はコーヒーをすする。ふらりとさまよった視線は、ここからは見えない北へと向かう線路を辿っているようだった。

「次の『日下』が出たっきり戻ってこねんじゃねぇかってへる人ば、多かったすけね。ちゃんと戻る、戻ってこさせるって思わせるくらいのことはするよ、僕は。もちろん、それで戻ってくれるなら僕としては喜ばしいし」

「だから、夏の学費の件を、ああいう風に演出したってわけ？」

リズムの糸をつかんだとでも言うように、月也がココアの息で笑う。ヘアピンのない、重い前髪の下で瞳をきらめかせて、長い脚を組んだ。

高徳は、すっと目尻の笑いじわを消して、月也を見つめた。

「あん時ば世話サなったね、月也くん」

「ええ。そうなるように仕向けてもらったおかげで、桂、むしろ父にダメージ与えられたからねぇ。気付くのが遅くなったけど感謝するよ、日下さん」

「僕は何もしてないと思うけどなぁ」

「そうだな。あんたは、何もしない、あえて選択肢に含めないって方法で、俺たちのルートを決定しただけだからな。なぁ、陽介」

はい、と頷いて陽介はコーヒーをすする。月也を真似て脚を組んでみようとして、据わりが悪く諦めた。それでも何かにすがりたい気がして、背後に置いていたトートバッグを膝上に移動する。イプシロンの重さが心地よかった。

「父さんは僕に学費を稼ぐよう条件を出した時、町外で稼ぐこと、借金、犯罪行為は禁じましたけど、僕自身が働くことは条件としませんでした。奇妙ですよね」

「自分のための学費だってのに、自身の労働力は加味しない。つまり、労働せずに金銭を得るルートがあるってことを、あんたは最初から示唆してたんだ」

「僕と先輩の関係を分かっていたから。僕が相談すれば、先輩はいつもの調子で『桂』から金銭を引き出す方法を考える……それほどの寂しさを抱えて育ってしまったことを、父さんは知ってましたよね」

「日向望から生まれ落ちた瞬間からな」

高徳は、古めかしい眼鏡の奥の目を見開いた。缶コーヒーを椅子の脇に置き、深く息を吐くと天井を仰ぐ。つられて視線を上に向けた陽介は、無機質な蛍光灯の明かりに目をすがめた。

「そっかぁ。月也くんも陽介も、始まりから知ってまってるんだね」

「はい。僕の名前を『陽介』にしたのが、本当は父さんだってことも」

「え、キヨ婆の占いだったけど？」

「今更とぼけないでください。占いだったなら尚更、画数がビミョーな名前じゃないものに直させたでしょう。仮にも次期『日下』の長男ですよ。選択することが可能だったのにしなかったのは、父さんが付けたかった名前だから」

「先に『月』を付けられた俺と、町を『介する太陽』として育てようとしたんだろ。自分の子どもまで差し出すなんて『日下』って馬鹿だよな」

「馬鹿ではねぇよ」

高徳は、あはは、と軽い調子で笑って視線を月也へと定める。前髪の下を探るように、古いデザインの眼鏡を押し上げた。

「本当に、キヨ婆の願いでもあったんだよ。僕は、確かに面白いって思っただけ。だからねぇ、月也くんのことは陽介のお兄ちゃんだと思って相手していたつもりだよ。『桂』が君を家族とすることに戸惑うなら、僕が『町の家族』として接しよって」

「へぇ……ってことは、放火事件の証拠を隠滅したのは、家族のためってわけだ」

「うわぁ、そこまで結びつけちゃうんだ」

「当然です。火事の現場から出火原因を取り除く隙があったのは、消防団としていち早く駆け付けた父さんくらいですから。消火作業のどさくさに紛れて隠したんですよね」

「俺が犯人だって気付いたのは、どうせ二件目で桂を燃やした時なんだろ」

月也は舌打ちする。左隣で聞きながら、陽介は軽く肩をすくめた。

今の舌打ちは、高徳に向けたものではない。

あの夏、「名探偵」を気取った陽介に対する恨み節だ。「日下」として高徳が何を画策しようとも、あの瞬間まで、陽介と月也は互いを理解していたわけではなかった。

始まりは、二人でつかんだものだ。

プラスとマイナスの境界線の上で。

「あれはねぇ、本当に焦ったねぇ。僕の力じゃ月也くんを救えねんだなって。ちゃんと法に委ねるべきとも思ったけどね、陽介を同じ部活サ入れてたから。それまで誰も寄せ付けなかったのに、自分の領域内にいることを許すなんて変化があったら、今後を期待して見守りたくなってまうのは親の性だよねぇ」

「親云々はどうでもいいけどな。あんたに俺を救えるわけねぇじゃん。町を優先して日向望のことを隠してさ。俺のためとか言いながら、結局『桂』の方を守ってるあんたには、最初から資格も権利もないんだよ」

「んだねぇ」

「分かるだろ。俺にとっての『日下』はあんたじゃない。陽介なんだ」

「先輩……」

陽介はぎゅっとトートバッグを、その中のイプシロンを抱きしめる。ロジックの時点では、月也は高徳にも感謝していた。「優しさをくれた人たち」と。

それが今、彼は高徳を拒絶している。

実際にふれたからだ。「日下」として、「親」としての傲慢さに。〈実験〉によって分かったからだ。新しい世界の形が。

「父さん」

陽介は指先にハリネズミの刺繍を感じながら、ゆっくりと瞬いた。

「父さんは、月也先輩と手をつないだことはありますか？」

「ねぇけども」

「先輩の手って、すごく頼りないんですよ。頭は切れるし態度は悪いし、一人でなんでもできそうなオーラ出してますけど、手は細くて骨みたいで、生きることを怖がって震えてるんです。でも、握り返してくれる力は強くて、誰よりも信じたいと思える。助けたいと思って手を伸ばした僕を、逆に助けてくれたりする。そういう手なんです」

ねぇ、と陽介は月也の前に右手を差し出す。口を曲げた月也は、気恥ずかしそうに左の手を重ねた。

「『目』に宿った寂しさや暗さだけじゃ、人を理解することはできません。目を見るのは関わらなくてもできるし、遠くからでも、ざっくりたくさんの人を判断できて楽だったりもするけど……僕は、手をつなぐことの大切さも必要としたい」

だから、と陽介はトートバッグをどけて立ち上がる。つないだ手で月也も立たせて、一歩、高徳へと近寄った。まっすぐに、その目を見おろした。

「今の『日下』は終わらせます」

「……えれぇ内緒話だねぇ！」

「はい。そのために、僕は素直にあなたを頼りたいと思います。自分の手じゃ、まだまだ力不足だって分かってますから」

陽介は月也の手を離し、今度は高徳へと向ける。感慨深そうに、高徳は陽介の親指の傷痕を見つめた。

「僕にはまだ、先輩と手をつないでいる時間が必要です。助けてください」

「そったらまっすぐ言われたんじゃ仕方ねぇなぁ。僕は何をすればいいのかな？」

「先輩の目標を――」

「これを買ってくれればいい」

陽介を遮って、月也が封筒を掲げる。ことあるごとに持ち歩いていたために、だいぶくたびれた印象になった、遺伝子研究所の名前が入った封筒を。

高徳は両手で缶コーヒーを握り直すと、不穏そうに首を捻った。

「それは？」

「俺と日向望の血縁関係を証明するDNA鑑定書。町の不祥事の証拠だな。あんたにとっちゃ邪魔でしかないもんだと思うね」

「これだから月也くんはなぁ……いくらなの？」

「あー、具体的な金額はまだ算出してねぇけど。留年の必要が出てきたんだよね。それをまかなえるだけでいい」

「君も先生を目指すことにしたってところかな、それは」

ぎょっと月也は顔をしかめる。その視線が、すぐさま陽介に向けられた。

「喋った？」

「いいえ」

「簡単なことだよ。月也くんは進学でなく『留年』って言ったからね。成績優秀な君が単位を落とすとは考えにくいから、卒業までに必要な単位を取得できない事態になったって想像できたんだよねぇ。じゃあ、なんの単位かって？　影響するような人ば、陽介しかいないでねぇの。それに、今の大学サいたままで増やせることってへたら、せいぜい教員免許くらいだって分かるすけねぇ」

二文字でも充分だったねぇ、と高徳は勝ち誇ったように笑う。けれど、その「目」は少し寂しそうだった。陽介は、つかんでもらえなかった右手を握りしめて、肩をすくめた。

「父さんは、あくまで今のままの『日下』を選ぶんですね」

「それが今日までの、僕の在り方だからねぇ。そして明日からも続いていく、僕の日常だよ。それを変えることは陽介にだってできないよ」

「同じように、あなたが僕を変えることもできません」

そだねぇ、と高徳は月也の手から封筒を抜き取った。了承を意味する行為に、陽介と月也は顔を見合わせて頷き合う。

「陽介。スマホの動画も削除せねば駄目だよ」

「……え」

月也と向き合ったまま、陽介は眉を寄せる。首をかしげる月也に、遠雷の夜に宮木(みやぎ)医院で撮影した、医院長の告白動画について白状した。

「なんで父さんが知ってるんだよ。先輩にも黙ってたのに」

「祭りのあとから、宮木先生の様子がちびっとおかしかったすけね。陽介が診断書偽造させたせいだろうなって考えてたけど。望との関係から何から分かってたんじゃ、証拠動画でも撮ったんじゃねぇかなってカマかけてみただけだよ」

「これだから『日下』はイヤなんだよ！」

陽介は頬を膨らませ、ジーンズからスマホを引き抜く。見せつけるように、あの日の告白動画を削除した。満足したように微笑み、高徳はＤＮＡ鑑定書の封筒を膝に置く。

「二人とも、まだ時間はあるよねぇ？」

「ないことにして帰りてぇけどな」

「曜日指定した時点でバレてるんでしょ、どうせ」

「んだよぉ」

にこにこと高徳は、陽介と月也に座ることを促す。陽介は足元に置いていた土産の紙袋を、誰もいない椅子に移動させた。

「随分なものば預かっちゃったからね。前金代わりに昔話をしてあげるよ」

「年寄りの昔話ってさぁ」

「聞いててうんざりするから帰ってもいい？」

「君らねぇ！　僕はまだそこまで老け込んでるつもりはないし、二人なら興味のある話――日向望のことだよ」

脚を組んだ月也が、ひゅっ、と分かるほどはっきりと息を呑んだ。陽介も瞬きの仕方を忘れ、じっと古いデザインの眼鏡を見つめた。

日向望。

月也の実母であり、彼を産んだ日に亡くなった女性。月也の父と不倫関係にあり、清美のことを狂わせた人でもある。

そして、血のつながりがある中では唯一月也を愛し、同じ空の下を生きることを夢見ていた。今日までの「世界」の始まりとも言える存在だ。

彼女がいなければ……月也を身籠らなければ、不倫などしなければ、あらゆることが違っていた。「平穏」と言えただろう、マルチバースのどこかの宇宙を陽介が羨ましく思わないのは、そこでは出会えないからだ。

この世界だから、陽介は月也と出会った。

生んでくれたその人のことを、どうでもいいとは言えなかった。

「こうして、本当のことを語る日が来たと思うと感慨深いねぇ。やっぱり、僕も老けたってことなんだな。始まりは……あの夏は、みんな無邪気な子どもだったんだけれどね」

ほうれい線の目立つ口元で、高徳は静かに語り始めた。

三野辺神社の境内。白木の舞台から入道雲を見上げ、高徳は錫杖（しゃくじょう）を回転させる。とん、と床を打ったところで動きを止めた。

「正之、最後のタイミングば早かっただろ」

「俺じゃねぇよ。高徳が遅かったんだろうが」

桂に伝わる三日月のような剣を光らせて、正之は高徳を睨みつける。む、と頬を膨らませて、高徳は拝殿前に声を掛けた。

「清美は見てらった？　僕のせいじゃないよねぇ」

「見てなかったわ」

剣の管理者たる桂本家というだけで駆り出されている清美は、文庫本から目を上げることもしない。高徳は、じゃあ、と清美と並んで階段に座るセーラー服に視線を向けた。

「望は？」

「はいはい！　そんなことよりわたし、高徳先輩のお見合い話が気になります！」

「あ、俺も気になる。芸能人似なのに断ったらしいじゃん」

「性格に難でもあったのかしら？」

神楽の練習には興味を向けていなかった清美ですら、ぱたん、と文庫本を閉じる。高徳は、シャランと錫杖を鳴らした。

「相手に問題があったわけじゃねぇよ。僕がまだ、身を固める覚悟ができていないっていうか。まだ十九だし、もうちょっと今のままでいたいっていうか……」

「それで弟に先越されそうになってるけどなぁ」

「別に、競争することでもないだろ」

「そんなこと言って、本当は本命の好きな人がいたりして！」

きゃあ、と望ははしゃぐ。文庫本をうちわにし始めた清美も、すらりとした目に疑いをにじませた。

高徳はため息をつき、錫杖に体重をあずけた。

「考えたこともねぇよ。そういうことが許される『家』じゃないって、ずっと前から分かってらったから」

「あー……御気の毒様」

「いいわよねぇ、分家は呑気で。私も、恋とか知らずに終わるんだわ」

「えぇ、清美先輩きれいなのにもったいないです。わたしが男だったら、熱烈にアプローチしてますよ！」

「そんな。ませたお世辞なんて言わなくっていいわよ」

ふふ、と笑った清美はまんざらでもなかったようだ。日陰にいなければ溶けてしまいそうな白い頬を、うっすらと赤くした。

望は、中学生らしく成長途中の手足を、持て余すように伸ばした。

「まぜてるからなんですかねぇ。どうも、わたしって同世代とは合わなくって。先輩たちの中に交ざってる方が落ち着くんですよねぇ」

「こんな田舎育ちのくせに、フロリダに行くとか騒いでるからじゃねぇの？」

「正之先輩だって東京に行ってるじゃないですかぁ。大学でコネ作って、本家の座狙ってるんでしょ。わたしにはお見通しですよ」

「あら、そうなの？」

「正之って野心家だったんだなぁ」

「そいつの勝手な妄言だって。誰が好き好んで『桂』に縛られに行くかよ。俺はこんな田舎捨てて、自由に生きるためにコネ作ってんの」

「僕に対する当てつけだね」

「私への謀反でもあるわね」

「文句があるなら逃げればいいだろ」

ヒュ、と湿度の高い空気を切って、正之が剣を振る。高徳は錫杖を構え、シャラン、と受け止めた。

「あら。そのタイミングだと思うわ」

「っていうか、正之先輩。そんなに田舎嫌いなら、なんで神楽のために戻ってくるんですか？　せっかくの夏休みなんでしょ。海外旅行でも行けばいいじゃないですか」

「それは……」

うつむき、正之は剣先をいじる。癖の強い前髪を伝って、白木の舞台に汗が落ちた。

「あー、ほら、俺くらいしか高徳の相手いねぇじゃん？」

「残念ながら、ほかにいくらでも相手はいるよ。歳が近いってだけで正之と組まされてるけど、相性いいとは思ってないからね、僕は」

「うわぁ、『日下』のくせに傷付くこと言うんだな」

「僕はまだ継いでないし。継いだとしても、君を友だちだと思っている間は、好き勝手に喋ると思うよ」

「じゃあ、私も。分家相手にからかってあげようかしら……ねぇ、望。もし祭りの夜に神楽で失敗するなんてダサいことになったら、慰めのデートくらいしてあげるわよね？」

「え、わたしが？」

「そうよ。私は本家だから、浮ついたことはできないもの。でも、あなたはとても自由で輝いているわ。私には似合わない向日葵の浴衣が似合うくらいに」

　着付けてあげるわよ、と清美は微笑む。望は浴衣につられたようで、清美の奇妙な提案を受け入れた。

　そして、祭りの夜――

　正之は、袴の裾を踏んで転ぶという、これまで一度も犯したことのない恥をかいた。

「その夏からね、正之と望は付き合い始めたんだよ。でも、大学生と中学生だったからねぇ、正之はかなり気に掛けて、大事に付き合っていたみたいだよ」

親の恋物語にうんざりした様子で、月也は飲み残していたココア缶を脇へと置く。陽介もどういう反応をしたらいいのか分からず、トートバッグを抱きしめた。

「いきなりの遠距離でも続いたのは、二人とも、町を出るという想いを一緒に抱いていたからだったんだろねぇ。僕と清美も何かとフォローしてやったし……でも、運命ば残酷だったんだ」

高徳は冷えた缶コーヒーを飲み干すと、深く苦いため息をついた。

「二人が付き合い始めて三年目かな。清美が二十歳になった年に、正之を桂本家の婿にするって話が決まってね。歳ば近いせいもあったけど、正之が東京でこさえたコネだとか、機転の良さだとか、自由サなるために身に付けたものがアダになったんだよ。政治屋として使えるって、清美のとっちゃの目サ留まってしまった」

「……逃げればいいんじゃなかったのかよ」

「んだねぇ。だども、桂本家が望の留学費用を出してやるって言ったからね。日向の財力だけじゃ、なかなか叶えられない夢だったすけねぇ、正之は婿入りする方を選んでしまったんだ」

馬鹿じゃねぇの、と月也は声を震わせる。その手は、血がにじんでもおかしくないほどに、きつく握りしめられていた。

陽介はそっと右手を重ね、大丈夫、と伝えるように包み込んだ。

「非道だったのは桂本家だったよ。書類が整って既成事実ができると、望には一銭もやらなかった。大人になった今なら分かるけど、初めからそのつもりで、桂本家は望の親に秘密で話を進めたんだね。まだ子どもだった心につけ込まれたってわけで……正之は当然、本家の言いなりにはならない。望との関係を続け、清美とは交わらなかった」

関係がないのだから、清美に子どもができるはずもない。

事情を知っているだろうに、自身が原因であることを棚上げして、清美の両親は跡取りができないことを責めるようになる。親戚一同に対して、不妊という嘘で乗り切っていた清美も、次第に心を曇らせていく。

「そんな折、望が月也くんを身籠ってしまった」

自分は子どもを作るきっかけすら与えられないのに……清美の心はますます歪む。毎晩のように三野辺神社を訪れては、二人の「死」を願うようになった。一方で、高徳やキヨを通して、別の事を願った。

「月也くんを引き取ると言い出したのは清美だったんだ。日向では片親になってしまうから『桂』の長男サするって。正之はずっと反対してたんだけどね、とうとう望が受け入れてしまった。桂の後ろ盾がある方が、自由に生きられると思ったんだね。望自身も、桂本家に振り回されて色々あったからねぇ。我が子の幸せを考えて、桂の家の中から見守ってほしいって、正之に願ったんだ」

望の判断は、その時点では正しかった。

桂本家の長男という肩書きは、あの町においてはあまりにも強い。少なくとも、金銭面で困るようなことにならないのは確かだ。

ちゃんとした服を着て、ちゃんとしたものを食べて、ちゃんとした家に住む……母子家庭では困る場面が出てくることも、桂に居ればあり得ない。片親だと後ろ指を差されることもない。桂の方が幸せな「家庭」だと、望は信じたのだ。

それは、たぶん、まったくの他人に託すわけではなかったことも関係している。桂には正之が――父がいたのだから。

「でも……それならどうして、先輩は刺されたんですか！」

どうして正之は、望の願いの通りに月也を守らなかったのか。陽介の叫びは、地下コンコースによく響いた。月也の手を包んでいたはずの右手が、逆に握りしめられた。

「俺が二人の『望み』を奪ったから、だろ」

吐き捨て、月也は口の中にひっそりと付け加える。桂はどうしようもなく「陽の光」を求める血筋なのだろう、と。

日向望は、正之と清美の心を奪うほど、自由に光り輝いていた。

正之の場合は、純粋な恋愛感情として形を成した。清美はどうだったのだろうか。姉のような友情だったのか、もっと複雑なものを抱えていたのか。ただ、自分の手にはできないことだけは分かっていて、せめて同じ「桂」の正之との恋を実らせようとしたのだ。

月也を、死ねばいいと願いつつ、我が子にしようとしたことも。

半分だけでも欲しかったのだ。日向望という「陽」を。けれど……。

「人は『血』だけで決まるもんじゃない。あの家で俺は『陽』にはなれなかった。いるはずなのにいないことに、あの二人は失望したんだ」

「うん。正確には清美はね、月也くんを刺したあの時に希望を失ったんだよ。君に望の影を見ることを諦めたんだ。君の無邪気な言葉のせいでね」

「俺の？」

月也は戸惑ったように視線をさまよわせ、左脇腹にふれた。さすがにショックで記憶が飛んでいるのか、何も思い出せないようだ。眉を寄せる月也を、高徳は気の毒そうに見つめた。

「ぼくはこの町が好きだよ、母さん」

そうして紡がれた言葉は、月也からかけ離れている。陽介はパチパチと瞬き、眼鏡を押し上げた。嘘でしょう、という気持ちを込めて。

「本当らって。幼い子どもらしい、小さな町のことだったんだろうね。キヨがいて僕がいて、陽介がいる程度の小さな世界。でも、清美にはそう考えられなかった。月也くんに望を求めていたからねぇ、町に満足しているようじゃいけなかった。町なんか飛び出していくような、遠くへの憧れを持っていてくれなきゃいけなかったんだ」

「そんなの、理不尽じゃないですか！」

「そうだね。でも、同じ理不尽を、正之はもっと前から抱いていたんだよ」

高徳は重そうに息を吐く。拍子に落ちた古いデザインの眼鏡にふれて、斜めに視線を落とした。

「望が子どもを、桂の子にすると決めた時からね。正之の心は冷めていたんだ。あいつとしては子どもと一緒に、どこか遠い場所で、それこそ海外でも構わなかった。三人だけの場所で、三人で暮らしたいって考えていた。『桂』なんて捨てて『自由な世界』で生きようって。でも、望は母親として、桂という絶対的な安定の方を選んでしまったんだ」

それは、正之の気持ちをないがしろにすることだった。

田舎町からフロリダを目指すと豪語する、キラキラとした望が、いなくなってしまったことも意味していた。そこにはもう、正之と望をつないでいた「遠くへの憧れ」は存在していなかった。

それでも、もし望が、月也を産むと同時に命を落としていなかったら……何かが違っていたかもしれない。子どもを桂に託したことで自由となった彼女が、あえてその生き様を見せるために、遠くを目指す輝きを放ったかもしれない。正之と清美を、再び照らすこともあったかもしれない。

現実には、喪失しかなかった。

半分欠けた、月也しかいなかった。

「正之と清美をつないでいるのは、日向望への歪んだ愛情、とでも言えばいいのかな。もう、どこを探したって居ないのに、ずっと探し続けているような……だから、月也くんのことも、愛していると同時に愛せないんだろうね。なんとかしてあげたいんだけど、こればかりはねぇ、僕にもどうしたらいいか分からないんだ」

「別に。あんたの救いなんていらねぇよ、俺は」

「容赦ないなぁ、月也くんは」

あはは、とわざとらしく笑って高徳は立ち上がる。DNA鑑定書に向けた目を閉じ、しばらくの間動かなかった。

それは、黙祷だったのかもしれない。

日向望への。あの夏の四人への。戻ることのできない子ども時代への――

「へば。具体的な金額が分かったら連絡ちょうだい。陽介の口座サ振り込むすけ」

「ああ……あのさ。最後にあいつらに伝言頼んでもいい？」

「どんな？」

「それでもあんたらは俺の家族だ、って」

高徳はパチパチと瞬いて、古いデザインの眼鏡を押し上げる。すぐに答えることなく、三歩進んだ背中で笑った。

「言わないよ。僕はもう、正之の友だちじゃないからね」

パタン、とよそ行きの革靴の音を立てて高徳はコンコースを離れる。少しして、東北新幹線下りの出発を告げるアナウンスが響いた。

「先輩」

陽介は立ち上がると、ぼんやりと座ったままの月也と向かい合った。

「月也先輩」

「なんだよ」

「泣いていいんですよ」

「別に……」

「でも。痛かったでしょう？」

「……」

「僕も誰も見えませんから」

陽介は恐る恐る、月也の頭に腕を回す。抱き寄せるほどの勇気はなくて、そっと髪にだけふれた。ああ、と深く息を吐いた月也の額が、こつんと陽介の胸にぶつかった。

「陽介。俺って誰かに愛されてたのかなぁ」

「忘れたんですか。望さんは少なくとも、先輩と同じ空の下を生きようとしてたじゃないですか。新しい夢の形として、先輩のことをかけがえのないものだって。月也先輩が見つけたあの言葉に、嘘はなかったはずです」

「ああ……」

「だから、大丈夫です。泣いたって、大丈夫です」

「どういう理屈だよ」

「理屈なんてありません」

「じゃあ、陽介のせいだ」

「ええ。僕のせいです」

「陽介のせいだから……」

「はい」

月也の肩が震える。服を握る力とは対照的に、彼の涙はとても静かだった。

＊オブザーブ［observe］観測する、気づく

第8話　二人の〈ステイ・ホーム〉

イルミネーションでも見てから帰ろう――

言い出したのは月也だった。そんな発想が浮かぶほど、駅舎の外は暗くなっていた。地下コンコースに入った時には、まだ空の色は青かったというのに。

ほんのわずかなタイムスリップをしたような気持ちになりながら、陽介はトートバッグを肩にかけ直す。土産のチョコ煎餅の箱がいい具合に台座となって、カフェオレ色の小犬のぬいぐるみ、イプシロンが巾着袋の口から顔を覗かせていた。

「お前、ソレ持ってきてたのかよ」

　右隣を歩く月也が、呆れたように瞬く。瞼が少し腫れていたけれど、枯れた枝に電球が輝く暗闇の中では、陽介ほど近くを歩いていなければ分からないほどだった。

「お守りなんです」

「陽介って、そういうの信じてるよな」

「先輩だって、わりとジンクスとか気にしてるじゃないですか」

　理科大学生のくせに、とからかいながら、陽介はイプシロンの頭をなでる。ふんわりと柔らかな手触りは、心をほっとさせた。

　日本人だからかなぁ、と大袈裟なことを言って、月也はマスクの位置を直した。

「宇宙開発してるような人たちだって、神社で祈祷とかしてるからな。コレって宗教があるわけじゃなくても、なんとなく、そこにある何かみたいなのは感じやすいんだろうな」

「まして僕らは山育ちですからねぇ」

　幼少期にキツネがいると教えられたら、非科学的だと分かってからも「何か」を感じてしまう。本当に、子どもに教える時は慎重にならなければならない。優しさの影響ならいいけれど、傷となってしまったら……陽介は、月也の横顔に眉を寄せた。

　彼の傷は、きっと、一生を共にするのだろう。

（僕の傷は……）

　右肩のバッグを左に持ち直し、陽介は右の手のひらを見つめる。親指の付け根に残る草刈ガマの傷は、もう、なんの痛みも伝えてはこない。

痛いと思っていた世界が、崩壊したからだ。

ロジックと観測によって、新世界に変わったからだ。

（まだまっさらで、地平線しかないけど）

ちっぽけな「芽」もあるけれど。それをこれからどうしようか。とりあえず——言葉になる寸前で、陽介の視界から傷が消える。細くて白くて頼りない、死神のような手が重ねられたために。

「僕ならもう、大丈夫ですよ」

「俺は、大丈夫じゃねぇから」

月也は微かに鼻をすする。さすがに泣いているというわけではなく、先ほどまでの涙の名残と、冷たく乾いた空気の影響のようだ。

陽介は月也の手を握り返し、イルミネーションを見上げてくすりと笑った。

「去年は僕、トナカイの格好で唐揚げ売ってたんですよね」

バイトの店先で。個人経営の居酒屋だったから、もしかしたら、今はもう店を閉めてしまったかもしれない。行政からの補助金も、なかなか支払われないといったニュースもあった。巻き込まれることなく、踏ん張っていてほしいと思うのは、店主が同郷だったからかもしれない。

「すりおろしたリンゴとニンニクをたっぷり使ったタレに漬け込んでいて、濃い目の味が肴にぴったりだって人気だったんですよ。僕は未成年でしたから、まかないに唐揚げ丼にしてました。ご飯にもよく合って……美味しかったなぁ」

「持ち帰ってきたこともあるだろ。陽介のと違ってパンチのある味だよな。ちょっとクセになるっていうか」

「再現してみましょうか？」

「さらっと言うな」

「まあ、バイトしてましたからね。レシピは知りませんけど、だいたいの感覚はまだ残っていると思います」

「じゃあ、明日。俺はケーキ調達してくるからさ」

「クリスマスパーティですね！」

楽しみができたことが嬉しくて、陽介は腕を振り上げる。つないだままだった月也の手も、一緒に持ち上げられた。

何事かと、通りすがった人の視線が向いた。恥ずかしさに手を離し、陽介はトートバッグの持ち手を握りしめる。月也はダウンジャケットのポケットに両手とも突っ込んだ。

離れた手を少し惜しく感じたのは、街路樹を飾るイルミネーションが、まだ続いているからかもしれない。単純に、そういう季節なのかもしれない。

手の甲を撫でる風が、どうにも冷たかった。

一年前は、気にしたこともなかったのに……。

「先輩とパーティって、なんか新鮮です」

「誕生日にやってたじゃん。今年は、その、アレだったけど……」

「あー……先輩は緊急事態宣言初日で、僕は髪の毛毟り取られたんですよね」

DNA鑑定の関係で。月と太陽という名前をヒントに、月也は兄弟鑑定を実行したけれど。結局、二人の血縁関係は否定された。陽介は毟られ損だったというわけだ。

「つくづく、ひどい誕生日でした」

「悪かったよ。これからはちゃんと祝うから」

「これから？」

「いや、だって、今年の六月二十日には戻れないだろ」

「それは、そうですね」

陽介は、ふ、と笑ってイプシロンの頭を撫でた。

月也は気付かなかったようだけれど「これから」は来年の一度きりを意味しない。その先も、続く限りに――そういうニュアンスが感じ取れた。

それは、彼も変わりつつあるということなのだろう。陽介は気付かせたくて、でも恥ずかしさもあって、わざとべっこう色の眼鏡を押し上げた。

「これからのクリスマスも、ずっと一緒だといいですね」

あ、と息のように微かに月也が感情をもらした。腫れた目をさまよわせ、なんでもないようにイルミネーションへと向けた。

「そういやあ、俺も去年はバイトだったなぁ」

あからさまにはぐらかす。

「今頃って追い込みの時期だからさ、余裕のある奴とない奴の差が激しくって、無駄に気ぃ遣ったな」

「そっか。先輩ってもう、先生やってたんですよね」

「だから、得意なのは受験対策だけだって。相談事とか苦手だったから人気なかったし、社員じゃなくてバイトだったから、感染症でクビ切られたわけだし」

「それが今じゃ『理系探偵』ですからねぇ」

「お前が勝手に始めたんじゃねぇか」

だいたい、と月也は眉間に深いしわを作る。それだけでは足りないようで、右手を出してマスクをいじった。本当はタバコを吸いたいのだろう。喫煙者には厳しい世の中だ。

「塾講師やってたのも陽介のせいだったからな」

「先輩。何かと人のせいにし始めてませんか？」

「事実だから仕方ねぇだろ。受験勉強なら誰かさんのおかげで教え慣れてたし。なんだったら、俺が理大に合格できたのだって陽介のせいだと思うし」

「さすがにないですよ」

「でも。夜食にどうぞって、毎日クッキーくれたじゃん。毎回違う味でさ、あれで勉強はかどったところはあるから」

「そう言ってもらえると光栄です」

「一番効いたのは、前期試験前に渡してきた手紙だけど」

月也は表情を曇らせる。ああ、と陽介は今更ながらに反省した。

あの手紙は、受験生に渡していいようなものではなかった。月也が科学部の活動紹介に仕込んだメッセージと同じくらいには、頭を使わなければ読み解けないものになってしまったのだ。受験でいっぱいの頭脳には、さぞかし煩わしかっただろう。

「あれ、最初は『落ちろ』って意味だと思ったからなぁ」

「え、そうだったんですか」

「だってさぁ、破かれた紙切れ一枚だけって……『夢やぶれろ』って呪いじゃねぇかって真っ先に思うじゃん。つっても、陽介がそんなことするとは思えなかったから、新幹線の中で考えまくったよ」

そうして、参考書を読み直して最後の悪足掻きをするつもりだった時間は奪われた。それこそ「落ちろ」という意味じゃないかと何度か迷い、答えを出すことを諦めかけた。

ヒントは、在来線に乗り換えた所にあった。

限界突破、と受験生を応援するポスターが貼られていたのだ。

「こっちまで来て、やっと『突破しろ』って意味だって分かったんだ。プレッシャーとかいろんなものを打ち破って、合格を掴み取れってメッセージだったんだなぁって」

すっきりした気分で試験会場に入った月也は、さらに手紙を細かく破った。また戻ってきてやる、という意志と願いを込めて、理科大学構内のゴミ箱に捨てた。

「結果、俺はちゃんと戻って来られたわけで。その時に貰ったって思い出もあってさ、陽介のクッキーの中じゃ、シュガーバタークッキーが一番好きなんだよね」

「わ、あの。クッキーのことは素直に嬉しいんですけど……」

明日、鶏もも肉を漬け込んでいる間に作ろうと思うくらいには、喜ぶ話ではあった。けれど、肝心のところにズレがある。

「あの。手紙の解釈は微妙に違います」

「え？」

「本当はちゃんと、応援メッセージを書こうと思ったんです。でも、なんか何も言葉が浮かばなくって。いえ、逆に浮かびすぎちゃって。こんがらがっちゃったって言う方が正しいかな」

どうしようもなくなって、陽介は便箋を破いたのだ。一直線に。やっちゃった、と冷静に破れた部分を見つめているうちに、物理には「破れ」の話もあることを思い出した。

「落ち着けば特別になるって、そんな話してくれたことがあったでしょう。ナントカの破れって。それを思い出して、先輩なら落ち着けば特別をつかめる、合格できるって意味だったんです」

「ああ！『対称性の自発的破れ』だったんだ、あれ」

腑に落ちた、と月也が目を見開く。イルミネーションが映り込む瞳は、いつにも増してキラキラとしていた。その輝きをずっと見ていたくて、陽介はいつものように首をかしげる。

「聞かせてくれますか？」

「ああ。陽介が望むなら」

いつもと同じやり取りだったのに、ふっと二人同時に吹き出した。当たり前になっていた科学の話が、本当は当たり前ではなかったことに気付いたからだ。

高校の科学部の頃から、いつだって、無意識のうちに終わりを前提にしていた。

大学生になってからは尚更だ。学年と残りの年数を見比べて、声を、言葉を、知識を覚えていたいとずっと話してきていた。

けれど、月也は「桂」から解放された。陽介も今の「日下」を終わらせ、父には従わないと意思を見せた。もう、新しい世界に変わったのだ。タイムリミットなど気にしなくてもいい。

これからも、いつまでも、科学の時間を続けられる。

二人の時間を続けていける。

「そうだな、対称性の自発的破れを考えるには……とりあえず陽介は、宇宙ってどうなってると思う？」

「どうって……たくさんあるかもしれない、とかですか？」

「いや、そこまででかいスケールの話じゃなくって。えっと、人間に例えると、東西南北どこを向いてる人の数が一番多いと思う？」

は？　と陽介はあたりを見回す。暗くても人の顔が分かりやすいのは、イルミネーションと白いマスクの割合が多かったおかげだ。

カップルらしい二人組は、お互いを向いている。

通りに面したショップの中の人は、商品を向いている。

「みんなバラバラですけど……」

陽介は眉を寄せて、月也を向く。そもそも、右隣を歩く彼の方向はどちらだろうか。土地勘のない都会の道は、東西南北を狂わせた。

月也は満足した様子で頷く。

「そう、みんなバラバラ。どの方向を向いてもよくて、どれか一つを特別扱いしてはいない。それが『対称である』って状態」

方向の場合は特に、回転対称と言うけれど。補足して月也は、テイクアウト専門を謳うコーヒーショップを指差した。大きく飛び出した庇に黒猫が描かれ、メニュー看板にも猫が歩いたあとのような肉球がある。

二人が注文した、キャラメルマキアートとホットチョコレートが入ったカップにも、猫と魚が描かれていた。少し、有名コーヒーチェーンのパロディっぽいところがあった。

「メリークリスマス！」

サンタ帽子の店員が、特別サービスとクッキーをくれる。もみの木の形に、アイシングで肉球が一つ描かれた可愛らしいクッキーだった。陽介が見つめて歩き出すと、

「やるよ」

月也が自身の分のクッキーを渡してくる。陽介はパチパチと瞬いた。

「先輩、甘いの好きでしょう?」

「陽介はカワイイ系好きだろ?」

トートバッグから小犬を覗かせている状態では否定できない。陽介は、明日はアイシングクッキーも作ろうと決めて受け取った。バッグに仕舞って、やっぱりと微笑む。

「帰ったら一緒に食べましょう」

「それだから、俺の対称性は破れるんだよなぁ」

「ん?」

「さて、さっきの続きだ」

月也はマスクを顎に掛けると、ホットチョコレートをすすった。

「対称性ってのは要するに、自然法則はどの方向も特別扱いしていないってことなんだけど。実際には、整列させられた人のように、きっちり揃っているような自然もある」

「あ、少し思い出しました。磁石の話ですよね」

「エクセレント」

嬉しそうに月也が頷く。

癖が強く重々しい前髪を、イルミネーションがきらめかせた。その髪質が、父親譲りであることをこのタイミングで思い出したのは、何故だろうか。

「磁石が磁化している理由は、ざっくり言うと、電子の向きが揃っているからになるんだけど。電子は別に、磁石の中では整列することって法則を持っているわけじゃない。自然界のどこにある時とも同じように、自由奔放、対称であっていいんだ」

「そうでした！　でも、電子の間で働く力が、電子の向きが揃った時に一番安定するんですよね。だから、みんな揃った方向を向いてしまうって」

「そう。安定した状態になることによって、対称性が失われる。対称性の自発的破れってわけ。こいつを素粒子全体にまで広げて考えると、さらに難易度が上がるから、またの機会にって感じだな。本棚で知の巨人に確認しないと、俺も自信もって語れねぇから」

少し残念そうに、月也はホットチョコレートをすする。キャラメルマキアートの香りを楽しむように顔に近付け、陽介はカップの猫目を見つめた。

「高校の時は、安定している場所が特別になるって感じて。だから、先輩との時間は特別なんだなって思って聞いていたんですけど。こんな夜に改めて聞くと、なんか、ちょっとイヤな感じもしますね」

「そう？」

「はい。どんなに自由にしていても、安定を選んでしまうと、特別に絡めとられて動けなくなるってことでしょう？　それって、なんか……」

言えずに陽介はカップに口を付ける。プラスチックの蓋に開いた穴のような飲み口は、どうにも飲みにくかった。

自由から安定へ。

分家から本家へ。

月也の父は望のために身を固めたのであって、本当の意味で家庭を築こうとしたわけではないけれど。特別な人のために自らを縛り、動けなくなってしまった。

そんな人にとって、月也はどう見えているのだろう？

丸い耳に望の面影を持ちながら、癖のある髪に自身の遺伝子を感じさせる「息子」は。

「特別がいいってわけでもないんですよね、本当は」

平等であることも、生きやすさにつながったりするのだろう。ないものをねだってしまっただけで、平等にも特別にも、善も悪もなかったのだ。

(相補性だ……)

両方の視点を持つこと。観測すること。そうして見えた世界から判断すること。

「先輩。僕は確かに先輩の前にしかいないって思ってますけど。先輩は、自由のままでいいんですよ」

「別に。俺は、陽介といることで安定してるし、この対称性の破れは気に入ってるから、不自由とも縛られてるとも思ってねぇよ。だいたい俺の場合、少しは安定しねぇと、死にたがるし犯罪者になろうとするから」

「それもそうですね！」

「少しは否定しろよ！」

月也は鋭く額を弾く。陽介は短く呻き、カップを持つ手の親指でさすった。痛いのに笑えて仕方がなかった。

「……やべぇ、打ちどころ悪かった？」

「そうかも」

少しだけ泣けた。痛いからなのか笑ったからなのか、空気が乾燥しているからなのか、さっぱり分からないけれど、流れるほどでもない涙に目が潤った。

ゆっくりと瞬いて、キャラメルマキアートを口にする。

向こうでは味わえない、都会の味のように感じてしまった。

「僕、進学の時にも一度、本気で父とぶつかってたんですよね。『日下』として頼るとか、父親だからとか、何も考えてませんでしたけど。ただ、先輩と一緒に大学生活送りたかったから必死で……あの時の僕が諦めなかったことも、今につながっているんですよね」

「前提として、合格させてやった俺がいるわけだけど」

「どうでしょう？　リンゴのおかげかもしれませんよ」

「は？」

たった一文字の中に、あれだけ指導したのに、という恨みつらみがこもっていた。「医者知らずだから？」と呟いたのが、せめてもの反撃らしい。

陽介はくすくすと笑うと、軽く首を捻った。

「先輩。僕の実家のアイコン覚えてます？」

「確か……いや、俺だってそこまで見てねぇよ」

「勝手にセキュリティ解除するような人なのに」

変なところで真面目だと、呆れたような感心したような気持ちで、陽介は尻ポケットに手を向ける。スマホを引き抜き、連絡帳から実家を選んだ。

アイコンは「リンゴを持つ手」だ。

「未設定じゃねぇんだ」

意外そうに瞬く。陽介は頷いて、スマホを月也に持たせた。

「無関係を気取ってデフォルトにしていたこともありますけど。少し思うところがあって……日下を嫌っていた僕が、どうしてリンゴのアイコンなんて設定したんでしょうか？」

「『落ちないリンゴ』だったから」

「即答ですか！」

水平思考クイズにもならない。陽介は肩を落としてスマホを受け取る。ジーンズのポケットに押し込んだ。

月也は、これが陽介だもんなぁ、と馬鹿にする態度をオブラートに包んだ。

「即答っていうか、だってお前、受験の功労者扱いしてたじゃん。そうなると、落ちないリンゴしか残らねぇし。陽介が受験した年って、ちょうどでかい台風来てたじゃん」

「あー……二十一号ですね。日本海側の方が被害は大きかったんですけど、こちらも全く被害がなかったとは言えなくて……だからって、朝一番でリンゴ採ってくるとか、少しは危険性とか考えてほしかったですよ」

「陽介のかっちゃって、結構お前に甘いよな」

　ええ、と頷いて陽介は顔をしかめる。リンゴについてはネタを明かしたけれど、「手」については、これから犯人当てをしてもらうつもりだった。

「もう。なんで分かるんですかぁ」

「だって俺、陽介の観測者だから」

　当たり前という顔で月也は目を細める。間違えたこともあるくせに、と言い返そうとして陽介はやめた。

　観測は誤るもので、だからこそ考察が必要で。気付いたなら見直して、また、新しい観測を始めればいい。そうして理解できる世界を知ってしまったら、間違いを責める気にはなれない。

　まして、こんなにもイルミネーションがきれいだ。

　それだけで、この夜は充分にエレガントだった。

「それで、観測者さん。どうして母親の手なんですか？」

「簡単な話、爺さんでも婆さんでも、ましてや親父さんでも、陽介はアイコンになんてしないだろ。妹は兄のために早朝からリンゴ採りに行くタイプじゃねぇし。消去法で母親しか残んねぇじゃん」

「んー……ぐうの音も出ませんね。そう、母さんです。朝ごはん作ってるところに駆け込んできて、落ちないリンゴだから写真撮りなさいって。軍手も脱がずに見せつけてくるものだから、そのまま撮ったんです。それで満足したみたいで、しっかり食べて頑張るのよって農作業に戻っていきました」

それこそ嵐のようだった……思い出して陽介は笑う。いつもは父の陰でひっそりとしているけれど、一対一になるとよく喋る人だった。

母親らしいお節介だと、煙たく感じてばかりいたけれど。

陽介にとっての「優しさ」をくれた人は、きっと母だった。

「先輩には話したことありましたっけ。僕が料理を始めたきっかけって、母さんを手伝いたかったからなんです。だから、調理師じゃなくて家庭料理を作りたいんですよね」

「じゃあ、『家庭科』のきっかけの人だ」

「ああ、そうですね……」

だから、アイコンに設定したのかもしれない。家庭科教育に進んだ理由は、洗脳目的や反抗心などという、薄暗いものばかりだったけれど。

その中に埋もれてしまっていたけれど、始まりはもっと優しいものだったのだ。

「本当、どうしたって『家』の力は強いなぁ」

月也が空を仰ぐ。陽介もずっと高くへと視線を向けた。

地上の明るさに負けている夜空に、あの町の圧倒的な星々を思い描いた。一人ぼっちの月也を慰めてくれた、宇宙の広さに感謝した。

「……強いっちゃ強いけど、一方通行じゃねぇんだよな。きっとさ、陽介の母親がお前に甘いのは、朝ごはんを作ったりしてくれるからなんだよな。一緒に動いてくれるから『心の手』をつなげてたんだろうな」

「心の手……」

「うん」

月也は何かを――桂という家族を呑み込むように、静かに目線を落とした。陽介も足元に目を向ける。歩道にもチラチラと、イルミネーションの揺らめきが映っている。星のようだとありきたりなことを思って、陽介は再び夜空を仰いだ。

ふと、星座を作り出した人たちの気持ちが分かった気がした。

点と点をつないで物語を作る。物語は距離を越えて、同じ星空を見ている誰かへとつながっていく。ついには時を越えて、今にまで届いている。

「つなぐ」には、それほどの力がある。

陽介はカップを左手に持ち替えた。右の手のひらを自分に向けて、空へとかざす。傷痕とイルミネーションを重ねると、ちょうど光の双葉が芽吹いたように見えた。

心の中の「芽」がきらめいた。

「先輩」

「ん？」

「『日下』になってくれませんか」

「……はッ？」

ホットチョコレートを噴き出す勢いでむせて、月也は足を止める。ケホケホと咳を続ける彼に合わせて止まり、陽介はまっすぐに右手を差し出した。

「僕、気付いたんです。先輩と一緒に『日下』をやりたいんだって。だから、父のやり方を終わらせるって言い方だったんだ。ねぇ、月也先輩。僕と、新しい『日下』になってくれませんか？」

「つまり、俺に帰れって？」

「あ……」

陽介は、気まずさと申し訳なさにうつむく。差し出していた右手も、ゆるゆると下に向かいかけた。すくい上げるように月也の右手がつかんだ。

「本当に、俺でいいんだな？」

「本当に、先輩がいいんです」

「じゃあ、家借りないと。向こうに住むとこねぇからなぁ、俺」

「やっぱり、ベランダにはこだわりたいですね」

「お前も住むの？」

「え、住むでしょ」

何を当たり前のことを、と陽介はきょとんと月也を見つめる。月也は手を離すと、ダウンジャケットの上から左脇腹をつかんだ。深く息を吐き出して、笑った。

「そうだよな。陽介は俺の家庭だもんな」

「そうですよ。家事能力皆無なんですから、先輩一人じゃ生きられないでしょう？」

「ああ……じゃあやってやるか。俺たちの『日下』を」

「はい。僕たちらしい先生をやりながら、ですね」

もう一度、今度はハイタッチするように手を打ち合わせる。そのまま固く握り合い、互いにニヤリと視線を交わす。

あたたかさを感じる、イルミネーションの下で。

「これからも」

零れ落ちた言葉は同じだった。

＊ステイ［stay］〈人などが〉…の（状態の）ままでいる
＊ホーム［home］家庭

エピローグ―十一時前

朝六時のアラームが鳴っていた時には降っていた雨は、もう上がっていた。そろそろ昼ごはんの支度を、と考えながら陽介はベランダに出る。

ふわり、といつもよりは暖かく感じる風に、馴染み深いタバコが香った。

「先輩。お昼ごはん何がいいですか？」

「んー、陽介が食いたいやつならなんでも」

「またそういう……」

なんでもいい、が作る側としては一番面倒だと口を曲げて、陽介も落下防止柵に並ぶ。

朝方の雨は本当に気まぐれだったようで、手すりには少しの水滴が残る程度だった。

まだ、朝と言える日差しの下、いつもより景色が輝いて見えるのは、こうして雨粒が照らされているからのようだ。

あるいは、自分の目が変わったのかもしれない。

雨上がりの世界が、ひどく美しかった。

「だって俺、陽介の鏡だし」

「その話、前もしてましたよね」

確か、カフェオレ色の小犬のぬいぐるみ、イプシロンをもらった時だ。陽介は部屋に戻り、カラーボックスの上のイプシロンを持ち上げる。くったりとした柔らかさに思わず微笑んだ。

「月は太陽の鏡でしたっけ？」

ぬいぐるみと一緒に首をかしげる。月也は、ひゅうっと煙を飛ばすと前髪をつまんだ。

空の青さに目を細める。

「科学的事実としてそうじゃん。月は自分で光ってるわけじゃなくて、太陽光を反射してるだけなんだから」

「そういうニュアンスじゃなかった気がするぞ」

陽介はイプシロンの手で月也の頬をつつく。白い目を向けられ、そっと明後日に視線を移動した。

「そういうニュアンスではなかったと思うんですが」

「イプシロンを鏡に映せば、分かるんじゃねぇかな」

「イプシロンを？」

手の中のぬいぐるみを掲げる。月也は加熱式タバコを吸おうとした手を止めた。

「ぬいぐるみじゃなくって、文字の方」

タバコの先で空中に「ε」を描く。ああ、と頷いて陽介はポケットのスマホを引き抜いた。デフォルトで入っていたお絵描きアプリに、指で「ε」を書く。ツールを使って反転させた。

「……3？」

「Sun」

流暢な発音で、月也は、今度はタバコの先を空に向けた。すっかり雲のなくなったそこにあるのは、朝と昼の合間で輝く太陽だ。

「あの日は全てを『反転』させてやろうって決めてたから」

「ああ、犯行計画」

「そう。だから、ぬいぐるみにはイプシロンって付けようって、最初から決めてたんだ」

月也は、相変わらずキレのない完全犯罪だけど、と笑う。そもそも罪を犯していないと自身を否定して、再び前髪にふれた。

「いい加減切るかなぁ」

「僕はそのままでもいいと思いますよ」

「……賛成するかと思ったのに」

「見慣れてるので。僕がコンタクトにしたら違和感があるでしょう？」

「そりゃあ、陽介と言えば曇った眼鏡だからな」

「曇ったは余計です！」

「ま、長くないとヘアピンも使えないしな」

ふぅっと煙を吐いて月也は前髪から手を離す。隠れた目元を、それでも隙間から覗き込んで、陽介はニヤニヤと笑った。

「意外と気に入ってますね、ヘアピン」

「便利なだけだって」

「そういうことにしといてあげます」

からかうような笑顔のまま、陽介はスマホをポケットに戻す。両手でイプシロンを抱えて自分に向けた。刺繍で表現されたつぶらな瞳と見つめ合った。

(先輩にとっての「反転」の象徴なんだろうな、きっと)

月也の中で、具体的に何が起こったのかは分からない。その瞬間ではなく、グラデーションを描く中で、青い星のきらめきが相応しかっただけなのかもしれない。

ただ、大切に想う気持ちが芽生えた。

それほどに、月也の「世界」も変わったのだ。

「先輩。緊急事態宣言が始まった頃、なんて言ってたか覚えてます？」

「……世界なんていっそ滅びればいい」

「ええ。滅びましたね、僕らの世界！」

イプシロンを高く掲げる。太陽と重なった姿は、ひどく眩しかった。その先に広がる雨に洗われた空の青が、あまりにもエレガントだった。

まるで「僕らの世界」が滅んだことを、祝福しているかのように。

こんな清々しい日に相応しいメニューは……陽介は閃く。

「昼は玉子サンドにしましょう」

「あ、いいね」

「先輩も——」

一緒に作ろうと誘いかけて、陽介はスマホを取り出す。赤いランプが点滅している。理系探偵に依頼が入ったようだ。

「先輩」

スマホを差し出すと、月也は加熱式タバコをアイアンテーブルに置いた。慣れた手つきでセキュリティを解除して、ふと動きを止める。

「なあ、陽介。『理系探偵』って名前変えてもいい？」

「ああ、ダサいって言ってましたもんね。いいですよ。アプリの方からなら、出品者情報のプロフィールあたりで簡単に変更できると思います」

「知ってる。一度情報書き換えてるから」

そうだった、と陽介は眉を寄せる。おかげで、起きたことを解決する探偵的依頼だけではなく、何かを起こそうとする犯罪者的依頼まで入るようになったのだ。

（収入の幅が広がったって考えればいいんだろうけど……）

微妙な気持ちで、陽介はイプシロンの鼻をつつく。少しして、月也が更新された紹介ページを見せてきた。

「どう？　二人らしくしたかったんだけどさ」

「いいと思います。結局ダサいままですけど」

新しい名前は【理系探偵〈日下〉】。

二人で始める新しい「日下」の予備実験として、理系探偵への依頼を利用しようというわけだ。完全犯罪のための準備運動、思考実験に理系探偵を利用していた月也らしい発想だった。

「じゃ、僕は玉子サンド作ってきますから」

代わりに、とイプシロンをアイアンチェアに座らせる。対面に座った月也は、すらりと長い脚を組んだ。

「陽介」

「はい」

「……なんでもない」

「はい。月也先輩」

微笑んで、陽介はキッチンに向かう。卵を茹で始めると、ひょろりと背の高い、悪魔めいた家族が冷蔵庫を開けた。

マヨネーズを手に、月也は気恥ずかしそうに首をかしげた。

「あのさ、俺も一緒に作っていい？」

「もちろん」

Rain before seven, fine before eleven.

【参考文献】

『花言葉・花贈り』監修・濱田豊（池田書店）
『消えた反物質　素粒子物理が解く宇宙進化の謎』著者・小林誠（講談社ブルーバックス）
『現れる存在　脳と身体と世界の再統合』著者・アンディ・クラーク　監訳・池上高志／森本元太郎（早川書房）
『LIFE 3.0　人工知能時代に人間であるということ』著者・マックス・テグマーク　訳者・水谷淳（紀伊國屋書店）
『ロボットの心　7つの哲学物語』著者・柴田正良（講談社現代新書）
『〈弱いロボット〉の思考　わたし・身体・コミュニケーション』著者・岡田美智男（講談社現代新書）
『月の科学「かぐや」が拓く月探査』著者・青木満（ベレ出版）
『不自然な宇宙　宇宙はひとつだけなのか？』著者・須藤靖（講談社ブルーバックス）
『無限論の教室』著者・野矢茂樹（講談社現代新書）
『広辞苑　第5版』（岩波書店）
『ジーニアス英和辞典《改訂版》2色刷り』（大修館書店）
『世界は「関係」でできている　美しくも過激な量子論』著者・カルロ・ロヴェッリ　訳者・冨永星（NHK出版）

【参考サイト】

『NHK　特設サイト新型コロナウイルス』
https://www3.nhk.or.jp/news/special/coronavirus/
『公益財団法人東京都歴史文化財団　青コレ！』
https://www.rekibun.or.jp/blue/
『#MAKEITBLUE「青」で感謝の気持ちを』
https://www.makeitbluejp.com/
『NHK　狙われる在宅高齢者「訪問盗」に警戒を感染拡大で相次ぐ』
https://www3.nhk.or.jp/news/html/20200321/k10012343271000.html

本作は書き下ろしです。
本作品はフィクションです。実際の人物や団体、地域とは一切関係ありません。

死にたがりの完全犯罪と部屋に降る七時前の雨

The perfect crime with death wish
and
the rain in the room before
seven o'clock

@COMIC

漫画：りんぱ　原作：山吹あやめ
キャラクター原案：世禕

「死にたがりの探偵」が謎を説く、
ステイホーム・ミステリー！

コロナEXほかにて
大絶賛配信中！